소녀 퇴마사,
경성의 사라진 아이들

차례

차갑고 섬뜩한	007
쫓고 쫓기는 밤	013
거리의 귀	027
사라진 아이	047
청계천 변의 이상한 과자점	064
내 눈에는 보여	078
고양이를 따라서	093
네 자리로 돌아가	109
대저택의 비밀	128
너의 맑은 눈이 필요해	144
시時	163
작가의 말	173

차갑고 섬뜩한

사립문을 거칠게 밀고 나선 엄마는 재빠르게 사방을 휘둘러보았다. 달빛보다 더 하얗게 질린 얼굴과 거친 숨소리 때문에 채령은, 무슨 일이냐고 묻지도 못했다. 엄마는 길 아래, 마을 쪽을 한 번 더 살핀 다음 반대편 길로 내달렸다. 채령은 손목을 붙잡힌 채 이끌려 갔다. 울창한 소나무 숲 안으로 들어서자마자 웃자란 풀들이 발목을 휘감았고, 찬 이슬이 바짓가랑이를 적셨다. 미처 저물지 못한 보름달이 뒤편에서 따라왔다.

엄마는 길도 없는 숲속을 헤치며 나아갔다. 비로소 채령은 자신이, 그리고 엄마 역시 짚신조차 신지 않고 있다는 것을 깨달았다. 돌부리에 부딪히고 솔방울과 나뭇가지에 찔린 발바닥이 아프고 쓰렸다. 그래서 자주 휘청거렸지만, 엄마는 멈추지 않았다.

"엄마…. 흐읍!"

깊은 통증 때문에 입을 열었지만, 채령은 더 말을 잇지 못하고 입을 틀어막았다. 얼핏 돌아본 숲 뒤편에서 무언가 따라오고 있었다. 알 수 없었지만, 그것은 차갑고 섬뜩했다. 형체조차 가늠할 수 없었다. 어찌 보면 한 줌의 연기 같았고 무언가의 그림자 같았다. 목덜미를 벨 것 같은 그 서슬 푸른 한기가 서서히 손을 뻗어 왔다.

오르막에 다다른 뒤 엄마는 다급하게 방향을 오른쪽으로 틀었다. 그리고 조금 더 달려가자 하늘을 가리던 소나무가 사라지고 시야가 트였다. 막 떠오른 해가 먼 산 위에 살짝 걸려 있었다.

엄마는 절벽 앞 작은 공터 한가운데에 채령을 세워 놓았다. 이따금 산신께 치성을 드린다며 오가던 제터였다. 순간 산과 숲에서, 그리고 절벽 아래서 치솟아 오른 바람이 온몸을 휘감았다. 그 탓에 머리끝에서부터 발끝까지 냉기가 살갗을 파고들었다.

엄마는 넋을 빼앗긴 표정으로 두리번거렸다. 그러더니 왼편 비탈에서 검은 대나무 군락을 발견하고 서둘러 가지를 꺾어 왔다. 그러더니 그것을 채령의 주위에 둥글게 꽂았다.

"엄마…."

채령은 무슨 일이 일어나려는 것인지 알 수 없어서 두렵기만 했다. 그래서 칭얼댔다. 엄마는 대꾸하지 않고 채령에게 다가와 무릎을 꿇고 말했다. 맞잡은 엄마의 손은 빨간 피로 끈적거렸다.

"채령아, 엄마 말 잘 들어. 너를 지키기 위해서는 이 방법밖에 없어. 미안해.”

"엄마?"

엄마의 눈물이 막 뜨는 햇살을 받아 반짝였다. 채령은 그 눈물을 닦아 주었다. 그러자 엄마가 말을 이었다.

"저기 해 뜨는 거 보이지? 저 해가 더 떠올라서 네 그림자가 절반으로 줄어들 때까지 이 바깥으로 나가서는 절대 안 된다. 알겠지?"

채령은 자신을 중심으로 둥근 원을 그리며 세워진 검은 대나무를 둘러보았다. 그리고 물었다.

"엄마는 어딜 가는데요?"

"곧 알게 될 거야. 숲에서 무슨 소리가 들려도 절대 이 바깥으로 나가지 마. 알았지? 자, 그리고 이거….”

엄마는 낮고 차분한 목소리로 말했다. 그 말도 알 수 없기는 마찬가지였다. 그러거나 말거나 엄마는 채령의 왼팔을 가져가더니 팔목에 빨강 파랑 노랑의 삼색 실로 된 팔찌를 묶어 주었다. 그것은 엄마가 단 한 번도 팔에서 풀어 본 적이 없는 팔찌였다.

"이건 왜요?"

다시 물었다.

"이게 너를 지켜 줄 거야. 그리고 이제부터 넌 엄마가 느끼는 것, 엄마가 볼 수 있는 것을 빠짐없이 다 느끼고 볼 수 있을 거야. 엄마가 할 수 있는 모든 것….”

"…?"

"고통스럽고 힘들 거야. 그래서 네가 엄마와 같은 길을 가지 않기를 바랐어. 하지만 이젠…. 그래, 넌 잘해 낼 거야. 어려운 일이 생기면 엄마가 지금까지 했던 말, 네가 등 뒤에서 지켜본 엄마의 모습을 떠올려 봐. 엄마는 널 믿어!"

엄마는 알 수 없는 말만 했고 채령이 원하는 답을 해 주지 않았다. 그래서 채령은 또 물었다.

"꼭, 가야 해요?"

여전히 대답이 없는 엄마는 채령에게 두 손을 마주 잡게 한 다음 그 손을 덮어 쥐었다. 그러더니 눈을 감고 간절히 기도라도 하듯 알 수 없는 말을 중얼거렸다.

"동방에서 떠오르는 해의 눈으로 세상을 보고, 서쪽에서 불어오는 바람으로 만물을 느낄 것이며, 남쪽의 바다와 북쪽의 산이 네게 힘을 주리라."

그리고 얼마나 시간이 지났을까. 엄마가 채령의 손목을 잡고 한마디 덧붙였다.

"독, 염, 시!"

잠시 후 손이 따뜻해지는 듯하더니, 손바닥부터 따끔거렸다. 아니, 조금 더 시간이 지나자 뜨거웠다. 그러다가 마치 화롯불에라도 올려놓은 것처럼 손바닥이 타들어 갈 것만 같았다. 그래서 엄마의 손을 빼내려 했지만, 엄마는 손을 놓아 주지 않았다. 오히려 엄마는 더 큰 힘으로 채령의 손을 눌렀다.

"아아아악! 엄마!"

채령은 소리를 지르며 몸을 비틀었다. 그래도 엄마는 눈을 감은 채 같은 주문을 반복했다. 아무리 발버둥 쳐도 소용이 없었다. 그런 사이에 그 뜨거운 불길은 손에서 팔로, 다시 온몸으로 퍼져 나갔다. 그리고 마침내 머리끝까지 뜨거운 불길이 치솟았을 때, 채령은 정신이 아득해졌다. 눈을 감고 온몸을 버둥거렸다.

그즈음, 꿈인지 현실인지 알 수 없었지만, 엄마의 나지막한 목소리가 들렸다.

"기억해. 시간이 될 때까지 바깥에서 무슨 소리가 들리고 무슨 일이 일어나더라도 이 둥근 원을 넘어가선 안 돼. 알았지? 엄마에게 맡기렴!"

꽤 시간이 지난 것 같았다. 눈을 떴지만 아무것도 또렷하게 보이지 않았다. 기괴한 소리만 사방에서 들려왔다. 누군가 내지르는 비명이, 거칠게 뱉어 내는 숨소리가, 알 수 없는 짐승의 울음이 뒤엉킨 채 한동안 멈추지 않았다.

채령은 아예 눈을 감았다. 그러자마자 그 소리는 가까워졌다가 멀어지기를 반복했다. 그러나 귀를 막아도 잦아들지 않았다. 어떻게든 귀를 찢고 온몸을 갈기갈기 부숴 버릴 것처럼 사납게 휘몰아쳤다.

한참이 지나서야 사방의 소리는 잦아들고 낮은 숨소리만 들렸다. 그것이 자신의 숨소리라는 것을, 채령은 꽤 시간이 지난 뒤에야 알아챌 수 있었다. 몸은 더 이상 뜨겁지 않았고, 다만 며칠을 호되게 앓고 난 사람처럼 온몸에 기운이 하나도 없었다.

채령은 겨우 눈을 뜨고 천천히 일어났다. 그리고 주위를 돌아보았다. 어느새 높이 솟은 태양이 눈을 찔렀고 등을 돌리자 숲이 보였다. 그러나 채령은 다시 몸이 굳었다. 무언가가 이쪽을 노려보고 있었다.

"헉!"

채령은 자신도 모르게 두 손으로 입을 가리며 숨을 멈추었다. 그것은 날카로운 이빨을 가진 한 마리의 늑대였다가, 사람의 모습이었다가, 뒤미처 발톱을 세운 새의 모습이 되었다. 처음엔 흐물거리는 안개인 줄 알았는데, 제멋대로 모습을 바꾸면서 대나무 주변을 휘돌았다. 한 가지만은 분명했다. 차갑고 섬뜩했다.

그 때문에 채령은 오래도록 홀로 남아 있어야만 했다. 소나무 숲에서 알 수 없는 비명이 메아리처럼 들릴 때도, 차갑고 섬뜩한 것이 그 비명과 함께 사라진 뒤에도. 엄마가 검은 대나무로 그린 둥근 원 안에서.

쫓고 쫓기는 밤

경성역 대합실에는 무수히 많은 사람이 오갔다. 채령처럼 짙은 남색 치마저고리를 입은 사람도 있었지만, 서양식으로 짧게 자른 머리에 진달래 꽃장식이 달린 모자를 쓴 여인들도 지나갔다. 도포와 두루마기를 두른 중늙은이들 속에, 몸에 착 달라붙는 양복을 입은 젊은 남자도 적지 않았다. 그들 사이를 희란은 빠르게 걸어갔다. 그 때문에 채령은 열차에서 내린 뒤부터 종종걸음을 쳤다.

서두르는 기색이 역력했지만, 힐끗 올려다본 희란의 표정은 담담했다. 다만 자주 사방을 두리번거렸다. 그 바람에 채령도 여러 번 멈칫거렸다. 꼭 희란 탓만은 아니었다. 수많은 사람 틈새에 이따금 무언가 보였기 때문이다. 그것은 물을 잔뜩 머금은 붓으로 얼추 윤곽만 그린 듯한 모습이었는데, 뜻밖에도 사흘 전 엄마와 숲으로 달아날 때 보았던 '차갑고 섬뜩한 것'과 크게 다르지 않았다.
 헛것을 보고 있다는 생각을 하면서도, 채령은 아직도 낯설기만 한 희란의 손을 더 꽉 잡을 수밖에 없었다. 지금 의지할 수 있는 사람이라곤 스스로 이모라고 말하며 찾아온 그녀밖에 없었으므로. 물론 화사한 연분홍 주름치마를 입고 있는 양장 차림의 여인이 정말 자신의 이모가 맞는지도 알 수 없었지만. 챙이 넓은 모자를 쓴 모습도 그렇고, 새빨갛게 칠한 입술이며, 종아리가 살짝 드러난 서양 치마까지, 그 무엇도 익숙하지 않았다.
 그즈음이었다. 희란은 열을 맞추어 지나가는 일본 군인들 뒤로 숨는 듯하더니 살짝 허리를 굽히고 물었다.
 "너도 느끼고 있지? 누군가 우리를 쫓고 있어. 내 말 알아들었니?"
 희란은 어느새 긴장한 표정이었다. 자신이 뭘 알고 있을까 싶어서 채령은 고개를 갸웃거렸다. 그러자 희란은 채령의 어깨를 토닥였다. 그러면서 한마디 더 했다.
 "도대체 네 엄마는 너에게 무슨 짓을 한 거니?"
 네? 그렇게 되물을 뻔했다. 채령이 홀로 빈집에서 이틀을 벌벌 떨고 있을 때, 느닷없이 방문을 열고 나타났던 말과 비슷한 투였다.
 "그래, 언젠가는 이런 사달이 날 줄 알았다. 제 몸 하나 건사 못 하면서 누구를 구하겠다고!"

단호한 그 말에 채령은 어리둥절할 뿐이었다.

희란은 무언가를 찾는 듯 대합실을 한 바퀴 돌았다. 바깥으로 나갈 생각은 하지 않고, 지나는 사람들을 대놓고 기웃거리며 시간을 끌었다. 그러다가 어느 순간, 희란의 움직임이 민첩해졌다. 잿빛 두루마기를 입은 노인의 옆을 지나, 흰색 꽃무늬가 새겨진 녹색 치마를 입은 스무 살 남짓의 여자 둘을 가로지르더니, 서둘러 그 앞으로 쭉 나아갔다. 아니, 그러는가 싶었는데 그 앞에서 구두닦이 소년이 나타나자, 채령을 그쪽으로 밀었다. 그 바람에 채령은 소년과 부딪쳤고, 한쪽으로 넘어졌다.

"아얏! 아아아!"

"어머, 어머나! 이걸 어째? 어쩌다 넘어진 거야?"

소년이 인상을 찌푸렸고, 희란이 너스레를 떨며 그 앞에 주저앉았다. 그와 동시에 소년이 들고 있던 통이 엎어지면서 요란한 소리를 냈다. 그 안에서 꼬질꼬질한 헝겊 쪼가리와 솔이 후드득 떨어졌다. 채령은 허리를 숙여 저편으로 튕겨 나간 솔 하나를 주웠다.

그때, 희란이 채령의 팔을 붙잡은 채 옆으로 넘어진 구두닦이 소년에게 낮은 목소리로 말했다.

"부탁 하나 하자. 이 아이를 수표교까지 데려다줄 수 있니?"

그러더니 희란은 언제 준비했는지 동전 몇 개를 소년에게 내밀었다. 꾀죄죄한 옷차림의 아이는, 볼과 목에 땀을 흘린 자국이 허

옇게 일어나 있었다. 그러나 눈빛만은 반짝였다. 한눈에 보아도 채령처럼 열서너 살 또래 아이인 듯했다. 소년은 희란의 말을 알아들었는지 동전을 받아 들며 고개를 끄덕였다.

희란은 또 말했다.

"이 아이를 '천변풍경'까지 무사히 데려다주면, 이만큼을 더 줄게. 수표교 근처에 천변풍경이라고 알지? 내일 그리로 찾아와!"

소년은 한 번 더 고개를 끄덕였다. 느닷없는 상황과 낯선 이름에 채령은 고개를 갸웃거렸다. 그에 아랑곳하지 않고 희란은 소년에게 매섭게 다짐을 주었다.

"뒤를 돌아봐서도 안 되고, 멈춰서도 안 돼. 내 말이 무슨 말인지 알겠지? 열까지 세고 일어나는 거야! 수를 셀 줄은 알지?"

"그럼요. 글씨도 읽는데요?"

희란의 말에 소년은 자신 있다는 듯 미소를 지으며 대답했다. 그걸 보고, 희란은 이번에는 채령에게 말했다.

"채령아, 이모가 뒤따라갈게. 자, 그리고 이거…."

희란은 자신의 뒷머리를 묶었던 댕기를 채령에게 주었다. 나비 문양이 새겨진 빨간 댕기였다. 채령은 얼결에 무명천 끈을 풀어내고 희란이 준 것으로 머리를 묶었다.

"어떤 일이 있어도 풀면 안 돼!"

왜 그래야 하는지 알 수 없었지만, 채령은 고개를 끄덕였다. 그러자 희란은 얼른 일어나 일본군 병사 무리의 꽁무니를 스쳐 저편으로 걸어갔다. 그때 소년은 희란이 시킨 대로, 중얼거리듯 숫자를 세고 있었다.

"… 일곱, 여덟, 아홉, 열! 일어나, 이쪽으로 따라와!"

소년은 주저하지 않고 채령의 손을 잡아챘다. 그리고 사람들 사이를 요리조리 피하며 빠르게 걸었다. 아까도 그랬지만, 이번에도 채령은 뛰다시피 걸어야 했다. 그러느라 보따리를 이고 가는 아줌마와 부딪쳤고, 노신사의 지팡이를 걷어차기도 했다. 뒤에서 투덜거리는 목소리가 들려왔지만 소년은 멈추지 않았다. 그 바람에 채령도 뒤를 돌아볼 틈 없이 빠르게 소년을 따랐다.

대합실 밖으로 나오고 나서야 숨을 돌렸다. 채령은 잠깐 뒤를 돌아보았다. 그 '차갑고 섬뜩한 것'의 움직임은 느껴지지 않았다. 어쩌면 그것은 희란을 따라갔는지 모를 일이었다. 그것을 따돌리느라 희란이 일부러 채령을 소년에게 밀친 것일 테니까.

하지만 그것과는 또 다른 것 한둘이 언뜻언뜻 눈에 띄었다. 사람들 틈, 붉은 벽돌 건물 안쪽, 잿빛 기둥 뒤. 사람의 형체를 한 그것은, 확신할 수 없지만 틀림없는 귀鬼였다. 숨결은 잡히지 않되, 표정은 한결같이 어두우며, 사람보다 두세 걸음 빠르게 움직였다.

문득 엄마가 한 말이 귓가에서 맴돌았다.

"이제부터 넌 엄마가 느끼는 것, 엄마가 볼 수 있는 것을 빠짐없이 다 느끼고 볼 수 있을 거야."

채령은 처음엔 그 말이 무슨 말인지 몰랐지만, 비로소 조금은 알 것 같았다. 엄마는 산 사람이든 죽은 사람이든 모두 보았다. 멀리서 오는 사람의 발소리를 누구보다 먼저 들었고, 사람의 마음을 읽었다. 어쩌면 그래서 희란도 아까, "너도 느끼고 있지?"라고 확신에 찬 말을 했을 것이다. 희란은 채령이 엄마의 모든 것을 그대로 물려받았을 것이라 생각한 걸까.

아직은 알 수 없었다. 엄마의 '모든 것'이 어떤 것인지조차 헤아리기가 힘들었으니까.

그 두렵고 고통스러운 아침이 지나고 난 뒤부터 이상했다. 보이지 않던 것이 보이고, 다가올 일이 먼저 느껴졌다. 그것도 엄마가 가지고 있었던 걸까.

그런 생각을 하고 나자, 귀가 더 또렷하게 보였다.

어떤 귀는 때때로 채령과 눈을 마주쳤고 오랫동안 쳐다보기도 했다. 무언가를 말하려는 것 같기도 했다. 하지만 채령은 애써 외면했다. 그 때문일까. 채령은 자꾸만 입안이 말랐다.

광장에도 사람이 많았다. 어디서 그렇게 사람들이 꾸역꾸역 모여드는지 알 수 없었지만, 들고 나는 사람들을 피해 소년은 어디론가 자꾸만 나아갔다. 이쪽저쪽을 자주 살폈고 말없이 걷고 뛰기를 반복했다.

그러다 소년은 광장 끝에서 큰길이 나오자 자동차가 다니는 길 앞에 섰다. 큰길을 건널 요량이구나 싶었다. 하지만 소년은 옆으로 인력거 한 대가 지나가자마자 그 뒤로 몸을 감추었다. 그러더니 인력거와 같은 속도로 걷기 시작했다. 누군가가 경성역 쪽에서 둘을 보고 있었다면 감쪽같이 사라졌다고 여길 만했다.

소년이 얼추 500보를 걸었을 때 인력거가 속도를 줄였다. 이쪽을 향해 달려오는 전차 때문이었다. 순간 소년은 전차 위로 재빨리 올라탔다. 그러면서 채령의 손을 힘껏 잡아 끌어올렸다.

"후아아! 이제 괜찮을 거야."

채령은 어설프게 고개만 끄덕였다. 그리고 전차 안을 돌아보았다. 소년의 옆으로, 신식 양장 차림을 한 여자 두엇이 무언가 조잘대었고, 그 옆으로 망토를 두르고 사각모자를 쓴 청년과 하늘빛 저고리를 입은 아주머니….

채령은 그제야 비로소 소년을 다시 쳐다보았다. 도망치느라고 방금까지는 몰랐는데, 의외로 소년은 키가 훤칠했고 이목구비도 또렷했다. 땀에 절어 있었지만 반듯한 얼굴이었다. 하필이면 그때 소년이 한마디 더 꺼냈다.

"나, 너희 엄마 아는데…."

채령은 고개를 저으며 말했다.

"엄마 아니야!"

"그래? 너랑 똑같이 생겼던데?"

"아니야! 이모…."

얼결에 그렇게 대답했다. 그제야 소년은 고개를 끄덕였다. 그러더니 채령의 귓가에 대고 또 물었다.

"너희 이모, 불령선인*이야? 그래서 순사들한테 쫓기고 있는 거야?"

채령은 무슨 말인지 알 수 없어서 대답하지 못하고 소년만 빤히 쳐다보았다.

"그래, 그건 대답하지 않아도 좋아. 그런데 난 예전에도 불령선인을 도와준 적이 있어. 나도 순사들 엄청 싫어하거든."

그리고 소년은 어깨를 으쓱해 보였다. 무언가 자신 있다는 표정이었다. 소년은 남자아이치고 쌍꺼풀이 뚜렷했다. 구두를 닦느라 그랬는지 왼쪽 뺨과 턱 아래가 거뭇거뭇했다. 아무렇게나 자른 머리카락 끝은 꼬불꼬불했다. 고집 센 장난꾸러기처럼 보였다.

채령은 창밖을 내다보았다. 어느새 해가 졌지만 사방이 불빛으로 반짝였다. 어젯밤까지 머물렀던 자남산** 중턱에서는 사계절 내내 일찍 해가 졌다. 그러고 나면 사방에서 불빛 하나 찾을 수 없었다. 마을까지 10리 가까이 내려가야 간혹 밤에도 불빛이 보였다. 더구나 엄마는 해가 진 뒤에도 호롱불을 켜는 법이 드물었다. 그러므로 보름달이 훤히 떠오르지 않는 한 밤에는 집 안팎이 칠흑같이 어두웠다.

그래도 엄마가 있어서 단 한 번도 무서움을 느낀 적은 없었다. 어차피 외딴집에 찾아오는 사람은 드물었고, 이따금 밤에 집 주

---

* '불량한 조선 사람'이라는 뜻으로 일제가 우리나라 독립운동가를 이르던 말.
** 개성에 있는 산.

위를 어슬렁거리던 여우나 삵도 엄마가 나서면 꼬리를 내리고 돌아갔다. 그러나 지금은 엄마도 없고, 낯설디낯선 곳에….

채령은 겁이 났다. 한 번도 경험해 본 적이 없는 공포였다. 엄마가 채령을 검은 대나무 안에 가둬 놓고 가 버린 그 순간부터 그랬다.

비명과 차갑고 섬뜩한 것마저 사라진 후, 채령은 한참을 더 있다가 집으로 돌아왔다. 그리고 방 안에 틀어박혀 나오지 않았다. 무서워서 단 한 걸음도 나설 수가 없었다.

다시 밤이 되자, 사방에서 짐승의 울음소리가 들리고 스산한 바람 소리가 방문을 흔들었다. 채령은 호롱불도 켜지 못하고 구석에 쭈그리고 앉아 밤을 지새웠다. 손에는 엄마가 머리에 꽂고 다니던 비녀를 꼭 쥐었다. 그것은 비녀이자, 엄마의 말로는 사악한 귀鬼를 쫓고, 갈 곳을 몰라 떠도는 혼魂을 부르며, 잠자고 있는 령靈을 일깨우는 것이라 했다. 한가운데 손잡이가 있고, 한쪽은 칼이었다. 다른 한쪽은 호랑이 앞발이 발톱을 오므리고 있는 모양이었다. 엄마는 항상 그것을 머리에 비녀처럼 꽂고 다녔다. 채령은 그것이 자신을 지켜 줄 것이라 믿었다.

그래도 무섭기는 매한가지였다. 깜박 잠이 들면 '차갑고 섬뜩한 것'이 쫓아오는 꿈을 꾸었고, 절벽에서 떨어지기도 했다. 다음 날도, 그다음 날도.

사흘째 해 질 무렵이 되어서야 누군가 방문을 열었다. 해를 등지고 들어선 사람의 얼굴은 틀림없이 엄마였다. 그림자로 거뭇하게 가려진 그 얼굴이 엄마와 너무 닮아서, 채령은 자신도 모르게 벽에서 등을 떼었다. "엄마!"라고 중얼거렸다. 그러나 문이 닫히고 해가 가려졌을 때, 엄마를 닮은 낯선 여인이 모습을 드러냈다.

여인은 천천히 다가와 겁먹은 채령의 얼굴을 이리저리 뜯어보다가 가만히 안아 주었다. 여인의 품에서는 알 수 없는 냄새가 났다. 얼핏 한약 냄새 같기도 했으나 달콤한 향이 섞여 있었고, 오래 맡고 있자 매캐한 연기처럼 코끝을 자극하기도 했다. 그리고 그 냄새에 취해 갈 무렵 여인은 "내가 네 이모, 희란이란다. 한 번쯤 들어 봤지? 며칠 동안 이러고 있던 거니?"라고 물었다.

이모라니? 개성 시내에서나 볼 수 있었던 일본인 여자들이 입는 양장 치마에 모자까지 쓴 여자가? 하지만 어쩔 수 없이 엄마를 꼭 빼닮은 그 모습 때문에 채령은 긴장을 풀었다. 희란은 한참 후에 채령의 얼굴을 두 손으로 더듬더니 "밥은?"이라고 물었는데, 그 질문이 엉뚱해서 채령은 희란을 멀뚱멀뚱 쳐다보았다.

"그런데 너희 이모, 고양이 점술사 맞아?"

그 말에 채령은 생각을 걷어 내고 소년을 쳐다보았다. 이게 또 무슨 말이야? 그런 표정으로 또렷하게 눈을 마주했다. 왜 자꾸만 모두 내가 모르는 소리만 하는 걸까?

대답이 없자 소년이 말을 이었다.

"우리는 다 그렇게 알고 있는데. 짝발 형이 그랬어. 고양이 그림

그리는 아저씨도 그랬고. 맞지?"

"몰라!"

채령은 짧게 대답했다. 정말 알 수 없는 일이었으니까. 어제 처음 만났고, 그러므로 희란에 대해서 아는 게 없었으니까. 그걸 아는지 모르는지 소년은, 이마에 난 상처는 아프지 않은지 물었고, 이제부터 천변풍경에서 사는 거냐고도 물었다. 채령은 아무것도 대답할 수가 없었다.

그때 전차가 천천히 속도를 줄였고, 순간 소년이 채령의 팔을 잡아당겼다.

소년은 서둘러 전차에서 내렸다. 이번에는 손을 잡지 않고, 예닐곱 걸음 앞서갔다. 채령은 뒤를 따랐다. 한참을 걷다가 얼핏 한쪽 전봇대에, 한자로 적힌 황금정*이란 글자를 본 것 같았다. 그러자마자 길 양쪽에 2층짜리 건물과 판잣집이 번갈아 나타났다. 자동차도 이따금 지나다녔고, 밤이 깊었지만 사람이 적지 않았다. 왠지 낯선 곳에서 더 낯선 곳으로 나아가는 기분이었다.

"이쪽으로 와!"

소년은 어디쯤에서 방향을 꺾더니 버드나무가 늘어선 길로 걸어갔다. 가만 보니 오른쪽 아래에 작은 개천이 흐르고 있었다.

그때쯤, 소년이 다시 물었다.

"그런데 너희 이모는 정말 고양이 점술사 맞아? 꼭 물어볼 게

---

* 지금의 을지로를 일제 강점기에 부르던 말.

있거든."

이 아이는 왜 자꾸 모르는 것을 반복해서 묻는 것일까. 채령은 빤히 소년을 쳐다보기만 했다. 다만 점술사라는 말 때문에 엄마가 다시 떠올랐다.

선죽 마을 사람들도 엄마에게 돈을 내밀고 부적을 써 달라거나 굿을 부탁하기도 했지만, 엄마는 나서지 않았다. 그러나 귀신이 들렸다거나 뭔가에 씐 것 같다며 찾아온 사람에게는 관심을 보였다. 그런 사람들에게 찾아가서 "이 집 아이가 나무하러 갔다가 산에서 떠돌던 잡귀에 정신을 빼앗겼어요."라며, 또는 "이 댁 어르신 혼령이 아직 이생에 미련이 많으세요."라며 이런저런 방법을 알려 줄 뿐이었다. 팥 뿌리기, 끝을 날카롭게 깎은 대나무로 울타리 만들기, 향이 진한 솔가지로 담장 두르기…. 그래서 가끔 채령은 엄마에게 왜 그러는지 묻곤 했다. 그러면 엄마는, "귀가 사람 사는 세상에 자꾸 간섭하게 두면 온 세상이 혼란스러워진단다."라면서 알 수 없는 말을 하곤 했다.

'그런데 이모도 엄마와 비슷한 사람이라고?' 설마, 하는 생각에 채령은 혼자서 고개를 저었다. '게다가 고양이 점술사라니? 아니, 그보다 이 아이는 이모를 이전부터 알고 있었다는 걸까. 이모도 아이를 알아보고 부탁을 한 거였고?'

후우!

채령은 길게 숨을 내쉬었다. 세상 모든 사람이 다 알고 있는 것을, 자신만 모르고 있다는 생각이 들었다.

그런데 어느 곳에서였을까?

"단아! 단아아아!"

개천 아랫길에서 들리는 소리였다. 얼른 내려다보았더니, 두 명의 아이가 이쪽에 대고 소리치고 있었다. 아이들은 곧 개천 윗길로 올라왔다.

"헉헉! 단아. 여기서 뭐 하는 거야? 짝발 형이 너 찾아. 얼른 가야 해."

두 아이는 소년, 아니 단아보다 작고 더 꾀죄죄했다. 여기저기 천을 덧대 꿰매 입은 옷도 그렇고 씻지 않아 얼룩진 얼굴도 볼썽사나웠다.

"무슨 일인데?"

"래호 찾아 오라고 난리가 났어. 못 찾으면 우리를 다 쫓아낸대. 어떻게 해?"

"나도 찾고 있어. 그렇지만 래호를 당장 우리가 어떻게 찾아?"

"그런데 누구야?"

아이들은 저희끼리 떠들다가 문득 채령을 힐끗거렸다.

"고양이 점술사의…. 아니야. 알았어. 저기 앞에 다리 보이지? 저기가 수표교야. 거기서 500걸음쯤 더 가면 천변풍경이 나와. 내 말 알겠지? 난 여기서 가야 해. 안 가면 짝발 형에게 또 맞을 거야."

갑작스럽게 단아가 채령을 향해 말했다. 그러고는 무어라 대꾸할 틈도 없이 아이들을 따라 개천 아랫길로 내려갔다. 단아와 아이들은 이내 천변을 따라 뛰어가기 시작했고, 곧 어둠 속으로 사라졌다. 그 바람에 채령은 졸지에 혼자 남았다.

별수 없었다. 채령은 개천 윗길로 조금 더 걸었다. 곧 단단한 돌로 만들어진 다리가 나타났다. 개천 이쪽과 저편을 연결하는 다리였는데, 그 앞에서 잠시 멈추었다. 개천 아래에는 밤이 되었는데도 빨래하는 여인들이 몇 보였다. 공연히 그 모습을 보고 있을 때, 치마저고리를 입은 여자들, 교복을 입은 학생들, 신사복을 입은 아저씨들, 두루마기를 입은 노인들이 드문드문 지나갔다. 그때까지 희란은 나타나지 않았다.

채령은 단아가 가르쳐 준 천변풍경을 향해 한 걸음 내디뎠다. 그런데 그때, 다리 아래에서 또 다른 움직임이 느껴졌다.

귀!

한둘이 아니었다. 못해도 서넛은 되는 듯했다. 그것들은 이쪽을 향해 점점 다가오고 있었다. 그중에는 잔뜩 독기를 품은 귀도 있었다. 엄마가 말하던 악귀였다. 온몸에 소름이 돋았다.

거리의 귀

아무리 외면해도 돌아서지 않는 귀가 있었다. 몸을 돌리고, 모른 체하고 몇 걸음 걸었더니 어느새 따라와 앞을 막아섰다. 비껴갔는데도 바짝 붙어 말을 걸었다.
"넌 어떻게 내가 보이지? 내 목소리도 들려?"
물론 그것은 사람의 목소리는 아니었지만, 채령의 귀에는 또렷하게 들렸다. 듣고 싶지 않았지만 어떻게 할 수가 없었다. 이번에는 아예 돌아섰더니 냉큼 또 다른 귀가 말을 걸었다.
채령은 눈을 감고 양손으로 귀를 막았다. 몸부림을 치다가 발을 동동 굴렀다. 그래도 귀는 채령의 주위를 뱅뱅 돌며, 무어라 소리치고 묻고 간절하게 자꾸 애원하기도 했다. 엄마 말이 생각났다.
"어떤 귀는 자신을 알아봐 주는 사람이 있으면 말을 걸어. 자기 말을 들어 달라는 거야."

그러나 채령은 숨이 막히고 어지러웠다. 어쩌면 이런 일들 때문에 엄마는 자신의 능력을 물려주지 않으려 했던 것일까. 채령은 얼핏 그런 생각이 들었다.

채령은 자신도 모르게 외쳤다.

"안 돼!"

그러면서 머리끝까지 덮었던 이불을 걷어 내듯 양팔을 들어 허공에 휘저었다. 순간, 손끝이 뜨거워지는가 싶더니 곁으로 바람이 일었다. 그 덕분이었을까. 귀는 일시에 사방으로 흩어졌다. 그러더니 나무 뒤에, 건물 옆에 숨어서 힐끗댔다.

이제 괜찮을까, 싶었다. 하지만 아니었다.

다리 한가운데로 남자가 다가왔다. 처음엔 다리 양쪽에 있는 키 작은 가로등 불빛이 밝지 않아 그림자만 보였는데, 조금 더 다가온 뒤에 보니, 중절모를 썼고 검은 외투까지 두른 중년의 신사였다. 손잡이 쪽이 갈고리처럼 굽은 지팡이를 들고 있었는데, 다리가 불편해서 짚고 있는 건 아닌 듯했다. 그냥 지나치는 사람이려니 생각했다. 그래서 채령은 모른 체하고 희란이 올 만한 길을 이리저리 살폈다. 그런데 그쪽에서 아주 서늘한 기운이 느껴지는가, 싶더니 대번에 악취가 풍겼다.

채령은 자신도 모르게 얼굴을 찌푸렸고, 그 사이 중년의 신사가 다가와 씩 웃었다. 짧게 기른 콧수염이 꿈틀거렸다. 그는 버릇

처럼 길고 뾰족한 코를 벌름거렸다. 깡마른 얼굴이 유독 희었는데 마치 분이라도 바른 듯했다.

"무슨 일이냐, 이 늦은 밤에?"

"…?"

"하긴 어두운 밤일수록 별빛이 더 반짝이듯이, 빛나는 보석은 밤이어도 눈에 띄는 법이지. 맞아, 보석을 찾고 있단다. 너처럼 반짝이는 보석 말이다."

무슨 말을 하는 걸까. 한없이 다정하고 부드러운 어투로, 마치 오랫동안 친근하게 지낸 소녀에게 하듯이 건넨 말이었지만, 채령은 그래서 더 소름이 돋았다. 조금 전보다 심해진 악취 때문에 채령은 저도 모르게 이마를 찌푸렸다. 동물의 사체에서 나는 냄새와 흡사했다. 채령은 뒷목이 서늘했고, 두어 걸음 뒤로 물러났다.

그때 신사가 다시 입을 열었다.

"네 눈 말이다. 이토록 맑은 눈이라니! 내가 너를 따라온 게 아니란다. 네 눈이 나를 불렀지. 밤하늘의 반짝이는 별을 보며 나그네가 길을 찾듯이 말이다. 네 그 예쁜 눈을 갖고 싶구나."

여전히 알 수 없는 말이었다. 다만 목소리가 조금씩 변하기 시작했다. 쇳소리가 났다가, 가래 끓는 듯한 소리가 났다. 미소는 곧 비열한 웃음으로 변했고, 입가에 침이 흘렀다. 단정하고 깔끔한 외모와는 어울리지 않았다. 낯설고 이상해서, 채령은 몇 걸음 더 뒤로 물러났다.

"두려워하지 말거라. 나와 함께 가면 더 많은 것을 보게 될 것이다. 그 눈으로 더 넓은 세상을, 더 아름다운 세상을 말이다. 자, 손을 잡거라."

그러더니 중년 신사가 대뜸 손을 내밀었다.

"이모가 올 거예요."

채령이 고개를 저었다. 하지만 중년 신사는 아랑곳하지 않고 대뜸 채령의 팔을 붙잡았다. 채령은 반사적으로 팔을 뿌리쳤다. 그와 동시에 중년 신사는 들고 있던 지팡이를 거꾸로 쥐더니 손잡이 쪽으로 채령의 목을 감았다. 그러고는 힘껏 끌어당겼다.

"아얏!"

채령은 저도 모르게 비명을 질렀고 중년 신사 앞으로 이끌려 갔다. 그러자 중년 신사는 지팡이를 내려놓고 두 손으로 채령의 어깨를 움켜잡았다. 그리고 힘을 주었다. 토악질이 나올 것만 같은 냄새도 그랬지만, 음흉한 미소 때문에 채령은 숨을 멈추고 말았다.

그때 비로소 깨달았다.

'이신귀異身鬼!'

엄마에게서 들은 적이 있었다. 귀가 이승에 원한이 생기면 악귀가 되고, 가끔 제 한을 풀기 위해 남의 몸에 스며들기도 하는데, 그런 악귀를 이신귀라 부른다고. 이미 짐작은 했지만, 채령은 중년 신사의 몸에 악귀가 씌었다는 생각이 들었다. 그리고 확신하는 순간, 무서워졌다.

중년 신사는 더 거친 힘으로 목덜미를 죄어 왔다. 채령은 어떻게든 빠져나가려고 몸부림을 쳤고, 목을 조여 오는 그의 손을 잡고 늘어졌다.

그때였다. 중년 신사의 팔을 목에서 떼어 놓으려는데, 아까처럼 몸이 뜨거워졌다. 그 순간 채령의 팔목에 감겼던 팔찌의 파란색 실이 툭 끊어졌다.

'아!'

채령은 자신도 모르게 낮은 탄식을 뱉었고, 중년 신사의 팔을 힘주어 움켜쥐었다. 뒤미처 생각지도 않은 말이 튀어나왔다.

"그 피 묻은 손 치우지 못해? 죄 없는 조선 사람들 데려다가 칼로 찌르고 몽둥이로 때려죽인 건 네놈들이잖아. 네 어미가 죽은 게 왜 그들 탓이야? 땅이 갈라지고 산이 무너지는 게 어찌 그 사람들 탓이냐고! 네놈들 하는 짓이 가소로워 하늘이 노한 것이 아니냐? 그러는 너는 겨우 열 살짜리 어린아이까지 데려다가 눈을 파내 죽였구나. 내가 네놈의 심장을 꺼내 부숴 주랴? 그렇게 죄를 지었으면 네가 살던 간토*에서 쥐 죽은 듯이 있을 일이지 어찌 조선 땅까지 건너온 것이야?"

채령이 먼저 놀랐다. 자신이 목소리가 아닌 누군가의 목소리가 튀어나왔고 멈출 수가 없었다. 조용한 밤하늘이 찢어질 듯 울렸

---

* 일본 도쿄를 비롯한 수도권을 뜻한다. 1923년 간토 대지진이 일어난 곳이기도 하다.

다. 말을 마치고 나서 채령은 잠시 온몸을 부르르 떨었다.

연이어 채령은 중년 신사의 가슴을 세게 밀쳤다. 아니, 누군가 조종이라도 하듯 채령은 자신도 모르는 사이에 아주 빠르게 움직였다.

중년 신사도 놀란 듯했다. 알 수 없는 채령의 목소리에, 그리고 세찬 채령의 힘에.

"카학! 너 뭐야?"

중년 신사가 기겁하더니, 저편으로 물러났다. 잔뜩 인상을 썼다. 거친 쇳소리도 심해졌다. 남의 몸에 숨어든 이신귀가 소리를 내는 것일 테니!

채령은 얼결에 두리번거렸다. 달아나야겠다는 생각이 들었다. 이신귀에게 몸을 내준 중년 신사는 얼굴까지 무섭게 일그러뜨리고 다시 채령에게 달려들 기세였다.

채령은 몸을 돌려 뛰었다. 다리를 가로지르고 좌우를 살피다가 왼편 길로 방향을 잡았다. 그리고 개천을 옆에 두고 뛰었다. 그쯤이 되어서야 중년 신사가 몸을 바로잡고 뛰어오기 시작했다.

중년 신사는 생각보다 빨랐다. 금세 다리를 건넜고, 곧바로 개천 윗길을 따라 채령을 쫓아왔다. 있는 힘을 다해 달아났지만, 완전히 뿌리치는 건 쉽지 않았다.

"거기 서지 못해!"

중년 신사가 내지르는 쇳소리가 뒷덜미를 붙잡았다. 그리고 그

소리는 점점 가까워졌다. 채령은 하는 수 없이 큰길을 피해 골목길로 들어갔다. 이리저리 골목길을 꺾어 달아났지만, 중년 신사는 이미 채령의 등 뒤에 다가서 있었고, 하필 앞은 막다른 길이었다.

"너, 누구야? 감히 내 몸에 손을 대? 네가 나를 어찌 알아?"

가쁜 숨을 몰아쉬고 채령이 막 돌아섰을 때 중년 신사가 말했다. 엊그제 보았던 달만큼 한쪽이 살짝 일그러진 보름달이 골목을 비추었다. 중년 신사는 분노에 씩씩댔다.

'독讀!'

머릿속에서 낮은 소리가 스치듯 울렸다. 무엇인지 알 수 없었다. 그러나 지금은 그것을 헤아릴 여력이 없었다.

"도대체 내게 왜 이러는 거예요?"

채령은 소리쳐 물었지만, 말이 끝나기도 전에 중년 신사가 달려들었다. 미처 피할 사이도 없이, 그는 양손으로 채령의 어깨를 잡고 아까처럼 강한 힘으로 눌렀다.

"그래. 내가 죽였다. 그 작은 조선 아이 말이다. 간토에서 지진이 일어나 사람들이 수도 없이 죽었어. 그래서 화풀이로 죽였다. 누군가는 책임을 져야 하니까. 조선 것들은 죄다 죽이려고 했다."

"커헉!"

채령은 금세 숨이 넘어갈 것만 같았다. 이번에는 버둥거려도 헤어날 수가 없었다.

그런데 그때, 누군가가 채령에게 속삭이듯 말했다.

'왼손을 써! 네 몸속의 온 기운을 손으로 끌어오는 거야!'

아까처럼 채령은 손바닥을 펴서 중년 신사의 가슴을 밀어 냈다. 그러자 이번에는 아까보다 더 큰 충격으로 중년 신사가 단번에 뒤로 밀려나며 쓰러졌다.

"우어어억!"

비명도 컸다. 또 무슨 일일까, 싶어서 이리저리 살폈다. 그때 채령은 붉게 물든 제 손바닥을 발견했다. 어둑한 골목 안이었는데도, 뜻밖에 새의 문양이 얼핏 보였다. 뭘까, 싶어서 고개를 갸웃거렸는데…. 잠깐 사이에 생각이 났다. 모양을 분명히 확인할 수는 없었지만, 엄마와 살던 집 방문 위에 부적처럼 붙어 있던 그림, 그리고 엄마의 어깨에 남아 있던 세 발 달린 새의 모습과 너무나 흡사했다.

'이게 왜…?'

고개를 돌려 보니, 바닥에 쓰러졌던 중년 신사가 다시 일어나고 있었다. 그는 여전히 화를 이기지 못하고 씩씩거렸다. 그리고 다시 달려들 듯 몸을 추슬렀다. 그러더니 힘을 모으기라도 하는 듯, 양손을 들어 올리고 소리를 질렀다.

"으아아아아!"

중년 신사는 다시 채령을 향해 달려왔다. 그때였다. 골목길 담장 어디에선가 새까만 그림자 여럿이 후드득 튀어나왔다. 그러더니 중년 신사를 향해 달려들었다.

고양이였다!

대여섯 마리는 되는 듯했다. 고양이들은 이리저리 날아다니듯, 중년 신사를 가운데 두고 할퀴고 물어뜯었다. 어떤 녀석은 뛰어올라 머리를, 어떤 녀석은 다리를 붙잡고 늘어졌다. 등 뒤를 타고 올라 목덜미를 무는 녀석도 있었다. 중년 신사는 몸부림을 치고 손발을 휘저어 댔지만, 고양이들은 물러나지 않았다. 내치면 달려들고, 잠시라도 돌아서면 또 뛰어올라 물었다.

"크아아악!"

중년 신사는 다시 한번 소리를 질렀다. 안 되겠다, 싶었는지 그는 뒤로 물러났다. 그러고는 골목 저편으로 달아났다.

골목 안에는 고양이들만 남았다. 모두 다섯 마리였다. 녀석들은 채령과 마주 보며 자리에 앉았다. 그중 한 마리가 크게 울었다.

"냐아아아아옹!"

유독 검은 고양이였다. 어둑한 골목길에 묻혀 온전히 보이지 않을 만큼 검었다. 눈만 반짝였다. 채령은 한참이나 고양이들을 보며 서 있었다.

잠시 후 중년 신사가 사라진 골목 저편에서 누군가가 나타났다.

"로사!"

알 수 없는 이름을 부르며 나타난 사람은 희란이었다. 그 한마디에 고양이는 이리저리 흩어지더니 담장 위로 올라갔다.

"채령아, 괜찮니? 무사한 거지?"

희란은 채령을 품에 안고 한참을 다독였다. 하지만 채령은 아무 말도 하지 않았다. 아니, 무어라고 말할 수가 없어서 가만히 있을 뿐이었다.

곧 희란이 일어났다.

"로사, 집으로 가자!"

채령의 손을 잡은 희란이 담장에 앉아 있던 고양이들을 향해 소리쳤다. 그러자 고양이들이 기다렸다는 듯, 담장을 따라 저편으로 휙 달려갔다. 골목에서 혼자 울었던 고양이만 두 사람을 앞서 걸었다. 마치 길을 안내하듯.

희란이 고양이를 따라 열댓 걸음 걷고 나서 말했다.

"무슨 일이 일어났는지…. 아니다. 당분간은 그냥 꿈이라고 생각하렴. 네가 스스로 깨달을 때까지 말이야. 그나저나 네 엄마가 일을 저지르고 말았구나."

다정한 말투였다가 끝말은 무언가 체념하는 듯한 느낌이 들었다. 채령은 그 뜻을 알 수 없어서 그저 고개만 끄덕였다. 다른 말은 알 수 없었지만, 꿈이라 생각하라는 말은 이해가 됐다. 왜냐하면 희란의 말대로 자남산 중턱에서 선죽 마을을 지나, 개성에서 열차를 타고 경성역에서 내려 이곳까지 오는 동안 있었던 모든 일이 꿈만 같았으니까. 느닷없이 누군가 쫓아오고 이유도 알지 못한 채 달아나고, 조금 전 이신귀를 만나고, 누군가 몸속에 들어와 있는 것처럼 알 수 없는 소리가 들리고, 손안의 삼족오까지. 더하여 조금 전 고양이들….

 이 모든 해괴한 일이 어떻게 꿈이 아니라고 할 수 있을까. 오히려 희란이 그렇게 말하고 나서야 꿈에서 깨어난 것 같았다. 그러나 현실로 돌아왔다고 느끼는 순간, 아주 또렷한 슬픔이 하나 다가왔다.

 '엄마는…?'

 다른 건 몰라도 그건 꿈이 아니었다. 엄마가 사라졌다는 사실.

 골목을 빠져나오니 아까 도망쳤던 천변 윗길이 나왔다. 그리고 조금 더 걸어가자 얼핏 저편에 수표교가 보이는 듯했다. 하지만 희란은 수표교를 등지고 조금 더 천변을 걸었다. 그리고 얼마나 지났을까. 그때까지도 앞서 걷고 있던 검은 고양이가 문득 멈추어 서서 뒤를 돌아보고 울었다.

 "야아아아옹!"

 땅만 보고 걷던 채령은 그 바람에 고개를 들었다. 저 앞에 환한 등롱에 비친 과자점의 간판이 보였다.

 천변풍경.

 퍽이나 깔끔한, 돌로 지어진 2층집이었다.

 고양이는 천변풍경 앞으로 빠르게 걸어가 계단 위에 앉았다. 희란은 문 앞에서 사방을 두리번거리다가 문을 열고 안으로 들어갔다.

 딸랑딸랑!

문이 열리자마자 종소리가 났다. 열댓 개가 넘는 탁자가 가지런히 열을 맞추어 놓인 풍경이 눈에 들어왔다. 몇몇 사람이 탁자를 가운데 두고 마주 앉은 채 이야기를 나누고 있었다. 그와 동시에 한 번도 맡아 본 적 없는 고소한 냄새가 코를 찔렀다. 서양 말로 부르는 노랫가락도 귀를 간지럽혔고, 유리 진열장 안에 놓인 색색의 과자들도 채령에게는 신기할 따름이었다. 그야말로 눈과 코와 귀가 어느 쪽이 먼저랄 것도 없이 저마다 놀라 어쩔 줄 몰랐다.

그러나 더 해괴한 건 그다음이었다.

"오, 나의 피앙세! 이 늦은 밤, 홀로 어딜 다녀오시는 게요? 나는 그대를 기다리다 목이 늘어져 한 마리의 사슴이 되어 버릴 뻔했다오!"

창가 탁자에서 챙이 있는 모자를 쓰고 짙은 남색 양복을 입은 남자가 말했다. 무슨 창가라도 읊는 듯했다. 우스꽝스러웠다. 짧은 콧수염이 흰 얼굴 때문에 유독 도드라져 보였다. 훤칠하고 말쑥했으며 잘생긴 얼굴이었다. 하지만 대체 무슨 말을 하는지 알 수 없었다.

"내가 어찌 진 화백, 아니 오늘은 시인이신가요? 어쨌든 내가 어찌 그대의 피앙세란 말이에요. 지나가던 개가 웃겠어요."

희란이 남자의 말투를 흉내 내며 답했다.

"그대가 걱정돼서 그런 것 아니오? 어제도 종로에서 전차가 뒤집어져 스물두 명이나 다쳤답니다. 화신백화점 뒷골목에서는 이

틀 연속으로 강도 사건이 발생했고요. 그나저나 내가 새로이 쓴 시를 들어 보시겠소?"

그러더니 남자는 들고 있던 종이의 글을 읽었다.

"당신은 저 멀리 구름 위에 있습니다. 그리고 당신은 길 건너 화신백화점에 있고요. 당신은 또 원산 가는 열차 안에 있습니다. 어느 적에 당신은 내 꿈속에 달려와 인사하였다가, 또 어느 적에는 모른 체하며 지나갑니다. 당신은 청계천을 거닐다가…."

희란이 손을 홰홰 저었다.

"어휴, 도대체 난 어디에 있는 건데요? 네?"

"아니, 내 말은 그게 아니라 내가 어딜 가든 항상 당신을 생각한다는 그런 뜻 아니오? 그나저나 이 아이는…?"

희란의 말에 겸연쩍었는지, 남자는 채령을 가리키며 고개를 갸웃거렸다. 희란이 물을 마시느라 대답을 못 하자 남자가 말을 덧붙였다.

"조금 전까지 산에서 약초라도 뜯다가 멧돼지에 쫓겨 온 아이 같구려. 아아, 기억났소. 조카를 만나러 개성에 다녀온다더니, 이 아이가…? 그런데 어찌 생김새가 딸이라고 해도 믿겠소?"

"캑캑! 뭐라고요?"

남자의 말에 희란이 마시던 물을 뱉어 냈다. 그에 아랑곳하지 않고, 남자는 호기심 어린 눈빛을 지으며 또 말을 이었다.

"보시오. 톡 튀어나온 이마도 그렇고, 큰 눈과 오똑한 코도 빼다 박았잖소."

"참나, 시집도 안 간 처녀한테 못 하는 말이 없어요. 채령아, 인사드리렴. 천변풍경에서 외상값이 가장 많은 룸펜* 나리란다."

아까 피앙세도 그렇고, 룸펜은 또 무슨 말일까? 어쩔 수 없이 채령은 남자를 향해 가만히 고개를 숙였다.

"오, 그래. 나는 지니라고 한단다. 지니 보이라고도 부르지. 너의 엄마, 아니 이모의 아주 오랜 연인이지."

"그만 좀 하라니까요. 아이 앞에서 못 하는 소리가 없어요. 진봉춘 씨, 언제나 철이 드시려고요?"

"헛! 그렇게 부르지 말라고 하지 않았소? 아메리카에서는 모두 성만 부른단 말이오."

"흥! 또 객쩍은 소리. 자꾸 이상한 소리 하시려거든, 그동안 밀린 외상값이나 갚든지요."

그 말에 봉춘, 아니 진 화백은 멋쩍어하면서 탁자 앞에 펼쳐진 신문을 뒤적거렸다.

채령은 희란이 이끄는 대로 과자 진열대 앞쪽에 있는 탁자에 가서 앉았다. 그 탁자 밑에는 어느새 고양이 세 마리가 숨은 듯 나란히 앉아 있었다. 희란은 진열대 너머에서 바삐 움직이고 있던 젊은 여자에게 먹을 것을 내오라고 외쳤다. 그런 다음에는 직접 진열대 옆의 찬장을 열고 사기그릇에 무언가를 담아 왔다. 그

---

* 일정한 직업 없이 놀며 지내는 사람.

안에는 아주 뽀얀 물이 들어 있었다. 쌀뜨물보다 더 희었다.
"타락이라고 들어 봤니? 지금은 우유라고 부르지."
"소젖이란다!"
저편에서 진 화백이 말했다.
"아이, 그만 좀…. 신경 쓰지 말고 어서 마셔 봐."
희란은 진 화백을 나무라고 채령에게 말했다. 우유에서는 아무런 맛이 나지 않았다. 싱겁고 밍밍했다. 하지만 끝맛은 고소했다. 그래서 한 모금 더 마셨다.
그때 희란이 말했다.
"많이 놀랐을 거야. 오늘부터 2층 방에서 이모랑 같이 지내면 돼. 여긴 과자와 차를 파는 곳이야."
채령은 일단 고개를 끄덕였다.
"그래. 예까지 오는 동안 정신이 없어서 미처 묻지 못했는데, 엄마가 따로 남긴 말은 없었니?"
"엄마가 볼 수 있는 것을 제가 다 볼 수 있다고, 할 수 있다고…. 그리고 이거…. 아, 원래 삼색이었는데, 파란색은 아까 끊어져 버렸어요."
채령은 두서없이 말하다가 팔을 걷어 제 손목을 내놓았다.
"어…. 파란색이라면, 독讀! 이신귀를 보았겠구나."
그러더니 희란은 채령의 왼손을 끌어당겨 손바닥을 펼쳤다. 시커먼 자국의 그림이 아까보다 또렷하게 보였다. 채령은 아까 머릿속에서 짧게 울리던 목소리를 기억해 냈다.

"하아! 네 엄마가 정말 너에게 무슨 짓을 한 것이니? 왜 이렇게까지…? 설마, 아닐 거야. 그렇지?"

무슨 말일까, 싶어서 채령은 희란을 쳐다보았다. 하지만 희란은 그저 애처롭게 채령을 쳐다볼 뿐이었다. 희란은 채령의 손을 꼭 쥐더니 한참 만에 입을 열었다.

"너에게 엄마가 준 능력이 생긴 거야. 독! 네 손이 다른 이의 마음을 읽는다는 뜻이야."

"…?"

"네가 마음만 먹는다면, 네 손이 누군가에게 닿으면, 그의 마음을 알아낼 수 있어. 어떤 때는 그 사람이 오래 간직했던 물건을 만져도 그의 과거를 읽을 수 있지. 내 말을 이해하겠니?"

채령은 이번에도 대답할 수 없었지만 어렴풋이 이해가 되었다. 그래서 고개만 끄덕였다.

"하지만 앞으로 어찌 될지는 이모도 잘 모르겠어. 그동안은 네 엄마가 네게 그 어떤 능력도 물려주지 않으려 했던 거 같은데…."

"…?"

"엄마와 같은 능력을 가지면 아주 고통스럽지. 그런데 왜…. 아무튼 조금 더 기다려 보자. 네 엄마가 너에게 팔찌를 주고, 손바닥에 이걸 새겼다면, 다 뜻이 있을 거야. 딱 한 가지 경우만 아니라면…. 꼭 찾을게. 네 엄마 말이야."

"…?"

채령은 혼잣말 같은 희란의 말에 고개만 갸웃거렸다. 그러자 희란은 이번엔 안타깝다는 표정으로 이어 말했다.

"힘들었지? 힘들었을 거야. 앞으로도 그럴 거고. 그렇지만 이모가 지켜보고 있을게. 그러라고 네 엄마가 나를 보낸 걸 거야."

여전히 알 수 없는 말을 하면서 희란은 눈물을 글썽였다. 왜인지 묻고 싶었지만, 조금 더 기다려 보자는 말에, 채령은 차마 입을 뗄 수가 없었다. 그래서 가만히 희란의 얼굴을 쳐다보기만 했다. 그 얼굴에서 엄마의 모습이 얼핏 보였다.

그때, 천변풍경의 문이 열리며 종소리가 울렸다. 그리고 키 큰 남자가 들어왔다. 그런데 뜻밖에도 그는 턱과 귀밑으로 검은 수염이 덮여 있는 서양 사람이었다. 두리번거리다 눈이 마주쳤는데, 파란색이었다. 무릎까지 내려오는 검은색 치마 같은 옷을 입고 있었다. 머리가 곱슬곱슬했다.

서양인 남자는 두리번거리다가 이쪽으로 다가왔다. 희란이 일어나 그와 마주 섰다. 희란이 먼저 물었다.

"묘점猫占을 보러 오셨나요? 묘점은 밤에는 보지 않습니다. 고양이가 밤에는 예민하거든요. 타로만 보실 거라면 가능합니다만…?"

희란의 말에 채령은 희란을 다시 쳐다보았다. 단아가 했던 말이 떠올랐다. 고양이 점술사라고 했던가?

그런데 그때 진 화백이 슬쩍 끼어들었다.

"혹시 신부님이십니까?"

그 물음에 채령은 양인 남자의 옷차림이 특이한 이유를 알아챘다. 목에 걸려 있는 십자가 목걸이가 눈에 들어왔다.

"희, 희주? 맞습니까? 나는 다미앵입니다. 도쿄 싸이칼러지컬 쏘사이어티에 다녔습니다."

신부는 어눌한 조선어와 알 수 없는 서양 말을 한꺼번에 썼다. 그러나 그가 한 말 중 한 가지만은 또렷하게 들을 수가 있었다. 왜냐하면 희주는 엄마 이름이었으므로. 그 바람에 채령은 막 손에 쥐었던 우유 그릇을 떨어뜨리고 말았다. 우유가 쏟아졌고 바닥까지 흘러내렸다.

희란이 채령을 힐끗 쳐다보았다. 걱정돼서가 아니라 눈치를 보는 듯했다. 그리고 신부에게 대답했다.

"아니에요. 나는 채희란입니다. 희주는 나의 언니예요."

그렇게 말하고 희란은 채령을 한 번 더 쳐다보았다. 그러자 서양인이 대꾸했다.

"오오! 트윈스. 쌍둥이 동생이 있다고 들었습니다. 그리고 저 아이…?"

신부는 희란의 어깨 너머로 채령을 쳐다보았다. 그러더니 살짝 놀라는 표정을 지었다. 채령은 그와 눈을 마주했다. 아까와는 또 다르게 긴장할 수밖에 없었다. 처음 보는 서양인 신부가 엄마의 이름을 부르다니!

신부가 다시 입을 열었다.

"도움을 청합니다. 희주가 찾아오라고 했습니다. 여기에 오면 만날 수 있다고. 그런데 희주는 없습니까?"

"무슨 도움이 필요하죠?"

희란이 다짜고짜 물었다.

"아이를 잃어버렸습니다."

"아이라니요? 아니, 그렇다 치고, 아이를 잃어버렸는데 왜 여길 찾아와요? 경찰서에 가야지."

진 화백이 나서서 말했다.

"이유가, 이유가 있습니다."

신부는 말을 더듬었다.

그런데 그즈음부터 채령은 이상하게 졸음이 쏟아졌다. 그들의 말이 귓가에 계속 들려오는데도 자꾸만 눈이 감겼다. 며칠 잠을 자지 못했고, 오늘은 종일 누군가에게 쫓기고 달아난 탓이었다. 어떻게 엄마를 알고 있는지 용기를 내서 묻고 싶은데 온몸에 힘이 쭉 빠졌다. 자꾸만 눈이 감겼다. 채령은 푹신한 의자에 비스듬히 기댔고 살짝 눈을 감았다.

잠결에 사람들의 목소리가 조금 더 들려왔다.

"어떤 아이를 말하는 것이오?"

"열한 살짜리 조카입니다. 벌써 열흘이 되었습니다. 온갖 곳을

다 찾았지만 보이지 않습니다."

"신부님 조카라고요?"

"엊그제 누군가가 청계천 부근에서 보았다는 제보를 받았습니다. 청계천이라고 해서 희주가 생각났습니다."

"그래서 예까지 찾아오신 거고요?"

"희주가 도와줄 것입니다. 아닙니까?"

그즈음 채령의 몸은 의자 옆으로 비스듬히 넘어갔다. 졸음을 이기지 못하는 것이라고 생각했다. 부산스러운 발소리도 들렸다. 무슨 일인가, 싶어서 눈을 뜨려 했지만, 무거워진 눈꺼풀을 이겨 낼 수가 없었다.

"채령아!"

희란이 몸을 흔들었다. 그런 중에 다른 사람들의 목소리도 들렸다. 아까 보았던 진 화백의 목소리 같기도 했고…. 그러나 목소리는 점점 잦아들고 나중에 고양이의 울음소리만 크게 한 번 들렸다.

"냐아아아옹!"

사라진 아이

아주 가까운 곳에서 뱃고동 소리가 들렸다. 감은 두 눈 사이로 그 소리만은 또렷하게 들렸다. 아니, 파도 소리와 갈매기가 우는 소리도 얼핏 들은 듯했다. 이어 굵고 낮은 남자 어른의 목소리가 또렷하게 귓속을 파고들었다. "꼭 지금 떠나야 해요?"라고. 그러자 엄마가 대답했다.

"이 아이를 살려야 해요."

엄마의 목소리가 너무나 간절해서 채령은 자신이 지금 죽어 가고 있는지 모른다고 생각했다. 정말로 눈을 뜰 기운조차 없었으니까.

남자가 또 말했다.

"이렇게 달아난다고 '시멸귀문'을 따돌릴 수는 없어요. 그들은 꼭 당신을 찾아갈 것입니다. 당신을 지키고 싶어요. 당신을 보낼 수 없어요."

하지만 엄마는 단호했다.

"나를 붙잡으려면 지금 여기서 나를 저 바닷물에 빠뜨려야 할 거예요."

그러자 남자가, "그럼 나는 어떻게 해야 하죠?"라고 물었는데, 뒤이은 엄마의 목소리는 더 단단하고 야무졌다.

"당신이 나를 쫓게 되리란 것도 알아요. 그때는 당신과도 싸울 거예요!"

그럼에도 끈질긴 남자의 목소리가 따라왔다.

"그 아이를 포기하면 돼요. 그럼, 우리 모두 안전할 수 있…."

남자의 목소리는 그렇게 멀어져 갔다. 엄마가 채령을 업은 채 빠르게 달렸기 때문이다. 남자의 목소리 대신 뱃고동 소리가 다시 들렸고, 엄마의 거친 숨소리가 가슴으로 느껴졌다. 그러나 채령은 곧 잠이 들었다. 그러다가 잠깐씩 눈을 떴는데, 엄마는 여전히 걷고 있었다. 또 잠들었다가 깨어나도 마찬가지였다. 풍경은 눈에 들어오지 않았고 엄마 등에 기대 바라본 하늘은, 때로는 파랬다가 다시 시커멓곤 했다.

그런 뒤 깨어난 곳은 흙냄새와 오래된 곰팡내가 진동하는 허름한 방 안이었다. 천장을 가로지른 대들보가 채령의 눈에 들어왔다. 그리고 고개를 돌렸을 때, 가시새*가 다 드러나 보이는 흙벽

---

* 한옥을 지을 때 벽 속에 가로로 대는 나무.

이 먼저 눈에 들어왔다. 그마저도 온전치 않아 구멍 난 틈으로 볕이 들이비치고 있었다. 그리고 그 너머에서 요란한 새소리가 들려왔다.

어느 순간, 말끔한 흰색 천장과 벽지와 알 수 없는 향기가 먼저 채령을 맞았다. 채령은 몸을 일으키고 새하얀 이불을 걷어 냈다.

천변풍경에서 맞는 세 번째 아침이었다. 그리고 세 번이나 같은 꿈을 꾸었다. 그 바람에 얼굴을 알 수 없는 남자의 목소리가 또렷하게 기억났다. 그뿐이었다.

"…?"

채령은 자신도 모르게 혼자 무슨 말인가를 여짓거리다가 뱉어 내지 못했다. 도대체 왜 이런 꿈을 꾸는지 알 수 없었다. 꿈이 이토록 생생할 수 있을까. 갓난아이였을 때의 일이 이토록 또렷이 기억난다고?

천변풍경에 온 첫날, 채령은 분명히 잠이 들었다고 생각했는데 희란은 채령이 기절했다고 말했다. 며칠 동안 너무나 긴장한 탓이라는 말도 덧붙였다. 희란은 채령이 깨어나자마자 먹을 것을 챙겨 주고, 옷을 갈아입혔다. 진청색 치마에 짙은 자주색 저고리, 그리고 황갈색 조끼까지. 그리고 머리에는 잊지 않고 나비 문양이 새겨진 빨간 댕기를 매어 주었다.

아무래도 댕기는 거추장스러웠다. 희란이, "언제 어디서든 댕기를 풀어서는 안 돼! 이 나비 문양에 로사를 부르는 향이 배어 있어."라고 말하지 않았다면 풀어냈을지도 몰랐다. 무엇보다 그 독특한 냄새 때문이었다. 나비 문양에는 경성역에서 처음 맡았던 향보다 더 짙은 향이 배어 있었는데 처음엔 좀 역했다. 참으로 알 수 없는 향이었다. 깊이 들이마시면 탕약에서 나는 냄새 같기도 했고, 얼핏 맡으면 말린 꽃에서 나는 냄새가 났다. 얼굴을 찡그리자, 희란이 말했다.

"이것만 하고 있으면 로사가 어디서든 널 찾을 거야."

그 말에 그냥 그러려니 했는데, 정말로 채령이 처음 2층에서 내려와 잠깐 천변풍경 앞을 거닐 때, 첫날 본 고양이가 일정한 거리를 두고 채령을 따라다녔다.

채령은 일어나 손바닥을 폈다. 새 모양은 엊그제보다 또렷했다. 얼핏 문신처럼 보였다. 그것을 내려다보며 채령은 잠시 엄마의 말을 생각했다.

"이제부터 넌 엄마가 느끼는 것, 엄마가 볼 수 있는 것을 빠짐없이 다 느끼고 볼 수 있을 거야."

그리고 "어려운 일이 생기면 엄마가 지금까지 했던 모든 것을 떠올려 봐. 엄마는 널 믿어!"라는 말도. 하지만 아직은 그 말을 다 이해하기 어려웠다.

채령은 자기도 모르게 고개를 저었다. 그때 창문 아래쪽 거울 옆에 눈이 갔다. 쪽빛의 비단 주머니가 눈에 띄었다. 채령은 손을 뻗었다. 그 안에 무엇이 들어 있는지 알고 있었다. 비녀와 은빛의 작은 칼들…. 모두 엄마의 손때가 묻은 것들이다. 희란은 자남산 집을 떠날 때, 오로지 그것만 채령의 품에 지니게 하고 나머지 물건은 집안에 둔 채 방문을 단단히 잠갔다. 그리고 그 위에 닭 피를 발랐다.

채령은 그대로 일어나 아래층으로 향하는 문을 열었다. 이끌리듯 달콤한 과자 냄새를 따라 계단을 내려왔다.

천변풍경은 햇살이 들이비쳐 아늑해 보였다. 첫날 들었던 것 같은 서양 음악 소리가 들려왔다. 희란은 창가 자리에서 곱게 한복을 차려입은 여인과 대화를 나누고 있었다. 햇살 때문일까. 희란의 머리에 꽂혀 있는 깃털 장식이 유난히 붉었고, 후광이 비쳤다. 그 주위로 고양이 서너 마리가 어슬렁거리며 돌아다녔다.

고양이 점술사.

단아가 했던 말이 떠올랐다. 어제 처음 알았지만, 희란은 정말로 고양이 점을 보는 사람이었다. 천변풍경의 창가 구석 자리에서 손님을 받았는데, 손바닥만 한 그림 종이 수십 장을 손님 앞에 늘어놓고 손님이 알고 싶은 것을 말하면, 고양이를 시켜 다섯 장의 그림 종이를 뽑도록 했다. 그것을 희란은 타로 카드라고 불렀다. 로사도 그랬지만, 가끔 의자 밑에 있던 다른 고양이들도 한 마리씩 탁자 위로 올라와 희란이 시키는 대로 앞발로 그림 종이를 골라냈다. 물론 그 고양이들도 이름이 있었다. 로사를 비롯해 카리나, 네온, 제노 따위의 이름이었는데, 왜 그런 이름을 지었는지는 알 수 없었다. 신기한 건, 저마다 희란의 말을 잘 알아듣고 시키는 대로 한다는 것이었다. 그래서 묘점이라 부르는 듯했다.

어제도 채령이 잠깐 천변풍경에 내려와 있는 동안 두 명의 손님이 다녀갔다. 하나는 일본 사람으로 보이는 젊은 신사였고, 하나는 전문학교 교복을 입은 언니였다. 둘은 모두 희란이 무슨 말을 할 때마다 두 손을 마주쳐 가며, "소우데스!" 하며 소리를 지르곤 했다.

"대체 이 넓은 경성 땅에서 그 어린아이를 어떻게 찾는단 말인가?"

조금 높은 어조의 말이 귓가를 울렸다. 그 바람에 채령은 그쪽으로 시선을 옮겼다. 진 화백이었다. 오늘은 잿빛 양복을 입고 있었다. 목에는 연둣빛 천 쪼가리를 두르고 있었는데, 벚꽃도 진 봄날에 목도리 같지는 않았고, 장식처럼 휘감은 것 같았다. 어느 모로 보나 봉춘이란 이름과는 잘 어울리지 않았다. 그래서 지니라고 부르라고 한 것이겠지만.

그 앞에는 그와 비슷한 또래의 남자가 앉아 있었다. 금테 안경을 쓰고 있어서인지, 아니면 오른쪽 눈 아래쪽에 난 상처 때문인지 살짝 매섭고 날카로운 인상이었다. 진 화백보다 덩치도 컸고 다부져 보였다. 진 화백은 그에게 무언가를 자꾸 재촉했다.

"그런데 염 기자, 난 또 고타니 병원이 의심스럽단 말일세."

"도련님, 섣불리 입을 잘못 열었다가는 화를 입을 수 있습니다.

제가 알아보긴 하겠습니다."

채령은 자신도 모르게 고개를 갸웃거렸다. 두 사람 사이에 오가는 호칭 때문이었다. 염 기자는 무엇이고, 도련님은 또 뭐람? 두 사람은 아주 심각한 표정으로 이야기를 나누었다. 채령이 내려오는 것도 눈치채지 못할 만큼.

"아니, 예전에도 그랬다잖소. 재작년인가? 호열자*가 한창 유행할 때, 백신인가 뭔가를 개발한다고 고타니 병원에서 부모 없이 떠돌아다니는 애들을 잡아갔다며? 그래서 죽은 애들이 한둘이 아니라던데. 자네는 기자이니 잘 알 것 아닌가? 저 왜놈들이 지금이라고 다를까?"

그 말에 채령은 자신이 만났던 이신귀가 생각났다.

"그런 이야기를 듣긴 했습니다. 전염병을 막는다는 핑계로 아이들에게 이런저런 주사를 놓아 가며 실험했다는데…. 확인해 볼 필요가 있습니다. 섣불리 도련님이 먼저 나서시면 안 됩니다."

"염 기자도 아는 게 있을 거 아닌가 해서 묻는 게지."

"저도 호기심이 생겨 취재해 보려 했는데, 하필이면 종로 경찰서에서 취재를 막는 바람에 더 알아내지는 못했습니다."

"그것 보게. 뭔가 있다니까! 자, 여기 이 신문 기사 좀 보게. 하물며 〈매일신보〉**에서조차 이 청계천 일대에서 사라진 아이들이

---

* 20세기 초 '콜레라'를 부르던 말.
** 일제 강점기에 조선 총독부 기관지 역할을 한 신문.

벌써 여럿이라는 보도가 났네. 자네는 그래도 〈조선중앙일보〉* 기자이니 조금 더 깊이 알고 있나 해서 말일세."

그 말에 염 기자라 불린 남자는 아까보다 심각한 표정이 되어 고개를 끄덕였다.

"알아보긴 하겠지만, 저렇게 구걸하고 다니는 아이들 중 하나 잡아간다고 티도 안 날 테니, 이게 모두 식민지 조선의 비애가 아니고 무엇이겠습니까?"

"내 말이 그 말일세. 먹을 것 없어 떠돌고, 왜놈들 등쌀에 아비도 어미도 죽고, 그러다가 쥐도 새도 모르게 사라지는 아이들이 한둘이겠냐, 이 말일세."

진 화백은 열을 올렸다. 그가 왜 그토록 나서는지는 알 수 없었지만, 그의 말에 염 기자는 수첩을 펼쳐 놓고 이따금 무언가를 끄적거리기도 했다.

"그래서 말인데…."

진 화백이 갑자기 목소리를 낮추었다. 그 바람에 채령에게는 더 이상 그들의 목소리가 들리지 않았다.

채령은 문 앞에 섰다. 출입문 위쪽 벽에 붙은 부적을 잠깐 쳐다보았다. 자신의 손에 그려진 세 발 달린 새의 모습과 흡사한 문양이었다. 노란 종이에 도장처럼 그려진 새의 문양은 둥그런 원 속에 들어 있어서 마치 태양 속에서 파닥이는 느낌이었다. 채령은

---

* 일제 강점기에 우리 민족이 발행했던 신문 중 하나.

여러 번 두 개의 새 문양을 번갈아 쳐다보았다.

그즈음이었다. 유리문 너머에 언뜻 낯익은 얼굴이 보였다. 단아였다. 바깥에서는 이쪽이 잘 보이지 않는지 유리문 앞을 서성이다가 잠시 들여다보기를 반복했다. 하지만 이내 문 앞에서 사라졌다. 그러고는 다시 나타나지 않았다.

채령은 잠시 서서 기다렸다. 하지만 시간이 지나도 단아는 모습을 드러내지 않았다. 어른들만 지나다니고 있을 뿐, 아이의 모습은 이쪽저쪽을 살펴도 없었다.

채령은 천변풍경 앞 계단에 잠시 앉았다가 일어났다. 그리고 길을 나섰다. 수표교 쪽으로 걸으며 개천 아래쪽을 연신 훑어보았다. 곳곳에 빨래하는 아낙네들이 보였고 천변에는 줄지어 늘어선 버드나무와 그 사이사이에 급히 지은 작은 판잣집들이 눈에 띄었다. 조금 더 걸어가자 다리 아래쪽에는 천막도 보였다. 그 안으로 어른과 아이들이 드나들었다. 어린아이의 울음소리도 들렸고, 어른의 고함이 튀어나오기도 했다.

채령은 자신도 모르게 그쪽으로 내려갔다.

개천은 위에서 보던 것보다 지저분했고 오물 냄새도 심했다. 판자를 덧대 만든 집과 천막도 가까이서 보니 더 많았다. 채령은 공연히 이리저리 두리번댔다. 혹시 단아가 눈에 띌까, 해서였다.

그때 저편에서 한 무리의 아이들이 다가왔다. 거친 욕설이 먼저 들려왔다.

"어서 나가서 구걸이라도 해 오란 말이야. 오늘도 돈 한 푼 못 벌어 오는 놈들은 쉰 밥도 없는 줄 알아. 알았어? 이 게으른 조선 놈들!"

다른 아이들에 비해 머리 두 개쯤은 더 큰 청년이 서너 명의 아이들을 내몰고 있었다. 손에는 장작개비 같은 것을 들고서 마치 돼지 몰이하듯 했다. 아이들은 곧 천변 위로 올라갔고 뿔뿔이 흩어졌다. 그런 뒤에도 멀대 청년은 장작개비를 위로 휘둘러 댔다.

채령은 아이들이 천변으로 사라진 다음, 얼결에 멀대 청년을 쳐다보았다. 햇살이 한껏 따사로운데도 청년은 위아래 모두 누빈 옷을 입고 있었다. 아이들보다 멀끔했다. 그가 이쪽을 한참이나 쳐다보나 싶었는데 아예 몇 걸음 다가오더니 얼굴을 심하게 일그러뜨렸다.

채령은 엿보다 들킨 사람처럼 흠칫 놀랐다. 그쪽에서 차갑고 서늘한 느낌이 밀려왔다. 엊그제 이신귀를 마주했을 때처럼. 그 바람에 채령은 자신도 모르게 바짝 긴장했다. 하지만 그뿐, 멀대 청년은 몸을 돌려 다시 저편으로 걸어갔다. 그런 뒤에도 채령은 한동안 그편을 바라보았다. 예사롭지 않은 기운이 잔상처럼 지워지지 않아서였다.

"짝발 형이야."

어느 순간, 귓속말하듯 등 뒤에서 익숙한 목소리가 들렸다. 얼른 돌아보니 단아였다. 엊그제와는 달리 깨끗하게 씻은 얼굴 때문인지 헌칠민틋해 보였다. 알 수 없는 밝은 기운이 넘쳤다. 그 바람에 채령은 다시 한번 단아를 훑어보아야 했다. 그 옆에는 며칠 전 단아를 부르며 뛰어오던 아이도 나란히 서 있었다. 밤에 보았을 때보다 작고 오동통했다. 채령은 고개를 갸웃거리며 단아를 쳐다보았다.

단아는 대답은 하지 않고 채령의 팔을 끌어당겼다.

"저기로 가자. 짝발 형이 우릴 보면 또 호통을 칠 거야."

그러더니 아예 천변 윗길로 올라갔다. 판잣집 옆으로 돌아 큰길이 보이는 골목 앞에 이르러서야 멈추었다. 단아는 한 번 더 사방을 돌아보더니 말했다.

"우리를 돌봐 주는 형이야. 여기 사는 애들은 대부분 고아거든. 나도 그렇고."

"좋은 사람 같지 않아."

채령은 그저 느낀 그대로 말했다.

"그래도 우린 갈 데가 없어. 짝발 형이 안전하게 우릴 지켜 줘. 혼자 다니면 위험해. 다른 패거리들에게 맞기도 하고 끌려가기도 해."

"끌려가?"

"그런 아이들 많아. 어른들이 잡아다가 양자로 삼거나, 아니면 하인으로 부리다가 팔아 버리기도 한대. 부모 없는 애들만 골라서. 도망가다가 죽기도 한댔어. 내 동생…."

채령의 물음에, 옆에 있던 아이가 대신 답했다. 그 아이는 자꾸만 입가의 버짐 자국을 긁어 댔다. 그런데 말을 맺기도 전에 단아가 그 아이의 옆구리를 툭 쳤다. 그러자 아이는 입을 닫고 눈치를 보았다.

"맞아. 특히 일본 순사가 데려가면 빼낼 방법도 없대. 그래서 누군가는 지켜 줄 사람이 필요해. 맹코도 순사한테 잡혀갈 뻔했는데, 짝발 형이 구해 줬어."

단아가 맞장구를 치며 옆의 아이를 가리켰다. 오동통한 아이의 이름이 맹코인 모양이었다. 코맹맹이 소리를 해서 그런 건지, 코가 뭉툭해서 그렇게 부르는지 알 수 없었다. 그런데 단아는 말하면서도 자꾸만 멀대 청년, 아니 짝발이 사라져 간 쪽을 힐끔거렸다. 채령은 여전히 짝발이 미덥지 않았다. 그래서 별말을 꺼내지 못하고 머뭇거리는데, 단아가 먼저 물었다.

"그런데 나 찾으러 온 거야? 천변풍경에 갔었어. 나 봤지? 그래서 온 거지?"

"…?"

채령은 그렇다고 말할 수도 없고 아니라고 대답하기도 멋쩍어서 가만히 단아를 바라보았다. 그러자 단아는 대뜸 말했다.

"너희 엄마, 아니 이모한테 부탁하려고 갔던 거야. 친구를 잃어버렸어. 고양이 점술사는 알 거래. 아이들이 그랬어."

단아의 말에 맹코도 고개를 끄덕였다. 채령은 저도 모르게 이맛살을 찌푸렸다. 방금까지 진 화백과 염 기자가 나누던 말들이 떠올라서였다.

"그런데 왜 안 들어왔어?"

채령은 표정을 감추고 물었다.

"종업원들이 싫어해. 우리를 거지라고 놀려."

"이모는 안 그러실 거야."

"아니야. 네가 말해 줘. 래호라는 아이인데. 열흘 전쯤에 동대문 앞에서 만났어. 길을 잃은 것 같았어. 아무것도 먹지 못했다길래 우리가 먹을 것을 줬더니 따라왔어. 그리고 우리랑 며칠 지냈는데 없어진 거야."

"짝발 형도 찾고 있어!"

옆에 있던 맹코도 코를 훌쩍거리면서 맞장구를 쳤다. 그러고는 허리춤 안으로 손을 넣더니 무언가를 꺼냈다.

"이거… 래호가 가지고 있던 건데, 나 줬어. 열한 살이랬어."

맹코가 손바닥 위에 올려놓은 것은 작고 동그란 구슬을 일일이 꿰어 만든 장신구였다. 얼핏 목걸이나 팔찌처럼 보이기도 했는데, 십자 모양의 판 위에 사람이 양팔을 벌린 채 매달려 있는 나뭇조각이 달려 있었다. 채령은 그것을 받아 들었다.

그런데 그때, 알 수 없는 장면이 머릿속에 스쳐 지나갔다. 작은 아이가 키 큰 어른에게 마지못해 끌려가는 모습이었다. 이게 무얼까, 생각하다가 채령은 희란의 말이 떠올랐다.

독!

그 바람에 채령은 자신도 모르게 중얼거렸다.

"위험해!"

그러고 나서 억지로 숨을 내쉬자, 어느 한쪽으로 강한 이끌림이 느껴졌다. 눈을 감았다가 떴고 방향을 가늠했다. 동쪽이었다. 하지만 그게 전부였다. 그 이상은 그 무엇도 느껴지지 않았다.

어찌할까, 잠시 망설였다. 그리고 물었다.

"어떻게 생겼어?"

"키는 나보다 한 뼘쯤 작아. 유독 얼굴이 희고 눈이 컸어. 아주 맑고. 그리고 왼쪽 눈썹 위에 뭔가에 긁힌 상처가 있었어. 갈고리 모양으로!"

그 말에 채령의 머릿속은 온갖 생각이 휘돌아 나가고 들어오기를 반복했다. 무엇보다 천변풍경에 찾아와 대뜸 엄마 이름을 불렀던 신부가 생각났다.

"왜? 혹시 알아?"

단아가 물었고, 옆에서 맹코가 빤히 쳐다보았다.

그런데 하필 그때였다. 큰길로, 머릿속에 막 떠오른 남자가 지나갔다. 유독 키가 크고 긴 치마처럼 다리 아래까지 찰랑거리는 검은 옷을 입은 신부였다. 조카를 찾아 달라던 그 서양인….

단아 옆에 있던 맹코가 소리쳤다.

"그 애도 저런 옷을 입고 있었어. 무슨 저고리도 아니고…."

아이의 한 손이 급히 천변풍경 쪽으로 걸어가는 신부를 가리키고 있었다. 순간 한 가지 생각이 채령의 머릿속을 휘저었다. 채령은 서둘러 말했다.

"나, 가 봐야 할 것 같아. 내일 봐."

그리고 채령은 래호가 남긴 장신구를 단아에게 내밀었다. 그러자 단아는 고개를 저었다.

"네가 가지고 있어. 우리가 가지고 있다가 짝발 형한테 들키면 뺏길 거야."

무슨 말인지 알 것 같았지만 선뜻 가져가겠다고 말할 수가 없었다. 그런 채령의 모습을 보더니 단아는 한마디 덧붙였다.

"이모한테 보여 줘. 우리가 줬다는 말은 하지 말고. 절대로."

채령은 고개를 끄덕이고 신부를 뒤따랐다. 뒤에서 단아와 맹코가 무어라고 소리쳤지만 들리지 않았다.

예상한 대로 신부는 천변풍경 안으로 들어갔다. 채령은 문 앞에 앉아 있는 고양이 때문에 잠시 머뭇거리다가 안으로 들어갔다.

"그러니까 내 말은 병원 쪽부터 알아보는 게 어떻겠느냐, 하는 것이오."

"이봐요, 봉춘 씨. 아니 진 화백. 오늘은 탐정이라도 되듯 말씀하시네요? 자꾸만 그리 끔찍한 추측부터 하지 마세요. 다미앵 신부님이 충격받으신단 말이에요. 어째 자꾸만 불길한 쪽으로만 몰아붙여요?"

"오, 나의 피앙세. 나는 그저 이 실종 사건이 너무 특별해 보여서 하는 말일 뿐이라오. 그대가 언짢았다면 내 용서를 구하리다!"

진 화백이 변명하듯 조금 전과는 다른 투로 희란에게 말했다. 그 말에 곧바로 곁에 있던 염 기자가 말을 받았다.

"하지만 도련님 말씀도 일리가 있습니다. 요즘 들어 아동 실종 사건이 워낙 빈번해서 말이지요."

"염 기자님까지 탐정 놀이에 가담하신 거예요?"

"자, 내가 그 아이를 그려 봤소. 이 아이가 맞소? 엊그제 신부님이 말한 내용대로 따라 그렸다오."

진 화백이 손바닥 크기의 은박지 종이를 내밀었다.

희란과 염 기자가 종이의 그림을 번갈아 가며 살폈다. 채령도 궁금해서 슬쩍 안으로 끼어들었다. 아주 귀엽고 잘생긴 남자아이였다. 단아가 말한 아이가 틀림없었다. 왼쪽 눈썹 위의 상처가 그 자리에 있었다. 무엇보다 맑고 큰 눈이 인상적이었다. 갸름한 얼굴이었는데 얼핏 보면 여자아이 같다는 느낌마저 들었다.

"맞습니다. 나의 조카입니다."

다미앵 신부가 반색했다. 그림을 뺏어 들더니 이리저리 살폈다. 그걸 보고 있던 희란이 한마디 했다.

"아니, 지니 화백. 그림은 그렇고, 색칠은 뭐로 하신 거예요?"

"주방에서 빵 만드는 아이에게 색소를 부탁했소. 그럴듯합니까? 당신 얼굴도 그려 드리리까? 더 아름답게 그릴 수 있다오. 아무리 봐도, 출장을 다녀온 뒤에 뭔가 분위기도 달라진 것 같고 말이오."

진 화백은 씩 웃으며 대답했다.

그때 채령이 희란 옆으로 끼어들었다. 그리고 주머니에서 나무 장신구를 꺼내 다미앵 신부에게 내밀며 물었다.

"그 아이의 이름이 래호인가요?"

순간 신부의 눈빛이 크게 일렁였다.

청계천 변의 이상한 과자점

오늘 아침에만 벌써 세 번째였다. '차갑고 섬뜩한 것'이, 처음 두 번은 수표교 방향의 청계천 너머 길 저편에서 오다가 안개 속으로 사라졌다. 그리고 다음은 채령이 희란의 묘점을 구경하고 있는 동안 조금 더 가까이 다가왔다가, 무리를 지어 지나가는 고보* 학생들 틈에 섞였다.

헉!

채령은 자신도 모르게 벌떡 일어났다. 숨이 막혔고, 입술이 파르르 떨렸다. 눈을 부릅뜨고 그 '차갑고 섬뜩한 것'을 찾았다. 하지만 보이지 않았다. 고보 학생 무리가 수표교 쪽으로 모두 사라져 안개 사이에 묻힌 뒤에도 그것은 다시 나타나지 않았다.

"채령아…?"

---

* '고등보통학교'의 준말, 지금의 중학교.

창가 탁자에 앉아 있던 희란이 낮은 목소리로 불렀다. 채령이 돌아보자 희란은 씩 웃으며 눈을 크게 떴다. 괜찮으냐는 표정이었다. 채령은 얼결에 고개를 끄덕이고 자리에 앉았다. 희란은 다시 앞에 앉은 신식 여성 두 명에게 시선을 돌렸다. 하나는 흰색의 화려한 양장을 했고, 하나는 빨간색 털 외투를 걸치고 있었다.

채령은 크게 숨을 몰아쉬고 창밖을 살폈다. 천변풍경 바로 앞 길가, 그리고 안개 때문에 희미해진 청계천 건너편까지 찬찬히 돌아보았다. 하지만 더 이상 그것은 보이지 않았다.

어쩌면 당연했다. 그 '차갑고 섬뜩한 것'은, 때로는 조금 전처럼 희뿌연 그림자의 모습이기도 했다가, 어떤 때는 아지랑이처럼 그저 꾸물대다가 사라지기도 했다. 그런가 하면 종종 형체는 없는데 그 느낌만 강하게 밀려오기도 했다. 그럴 때마다 숨 쉬기가 어려워지고 온몸이 바짝 쪼그라드는 것 같았다. 그래서 채령은 종종 생각했다.

'도대체 무엇이 끊임없이 나를 따라다니는 걸까?'

수수께끼 같은 일은 또 있었다.

조선인 아이를 외국인 신부가, 그리고 단아가 동시에 찾고 있었다. 남의 일이라 여기려 해도 채령은 모든 일이 자신에게 달려드는 것만 같았다. 그래서 피할 수 없다는 것도 어렴풋이 느꼈다. 다만 그 모든 일이 꼬리에 꼬리를 물고 벌어지는 동안 알게 된 사실이라고는 고작 "네 엄마와는 일본에서 공부할 때 만났단다."라는 신부의 말 한마디뿐이었다.

　채령은 숨을 고르며 차분해지려고 애썼다. 새삼 천변풍경을 휘돌아 보았다.

　다른 날보다 조용했다. 아침 시간인 데다가 손님이라고는 희란이 묘점을 봐 주는 양장 차림의 젊은 여자 두 명뿐이라서 그런지 몰랐다. 출근하듯 매일 아침부터 자리를 차지하던 진 화백도 보이지 않았다. 온통 과자 냄새와 희란이 매일 서너 잔은 마신다는 가배* 냄새만 그득했다. 더하여 끼이이익거리는 서양 음악까지. 그것은 아무리 들어도 익숙해지지 않았다.

　그러고 보니 천변풍경은 참으로 희한한 곳이었다. 낮에는 과자와 가배를 마시는 사람들이 주로 찾아왔고, 해가 지면 오줌 색깔이 나는 술을 팔았다. 그걸 '비루'**라 불렀다. 진 화백은, 낮에는 희란과 함께 가배를 마시고, 해가 지면 또 다른 손님을 불러 비루를 홀짝거렸다. 희란도 종종 그 사이에 끼곤 했다. 사실 천변풍경 입구의 간판에는 '낮과 밤이 다른 다점 천변풍경'이라고 쓰여 있긴 했다.

　고양이마저 예사롭지 않았다. 이름부터 카리나, 네온, 제노, 로사…. 양이의 이름을 붙인 것도 생경했는데 더 놀란 건, 그 이름들이 아주 특별한 의미가 있다는 것을 깨달았을 때였다. 한번은

---

*　'커피'의 음역어.
**　'맥주'를 가리키는 일본식 표현.

다미앵 신부가 희란에게 말하는 소리를 들었다.

"미스 채는 어째서 고양이의 이름을 한결같이 가톨릭 세례명으로 지으셨습니까? 가톨릭을 믿으십니까? 서양의 구마* 사제들이 종종 타로를 보긴 합니다만."

그 말을 들은 채령은 다시 희란의 정체가 의심스러워졌다.

무엇보다 천변풍경에서 가장 희한한 존재는 진 화백이었다. 많이 배운 티가 났고, 양인 차림이었지만 부잣집 도련님 태가 났다. 말하는 걸 얼핏 들어도 아주 똑똑한 사람으로 보였다. 시를 쓴다고도 했고, 소설을 쓴다고도 했다. 그는 자주 희란에게 자신이 썼다는 시를 읽어 주었다. 어제도 희란을 붙들고, "당신은 항상 유리창 너머에 있소. 당신은 가까이 있으나 건너갈 수 없소. 유리창이 앞을 막으니 멀고 먼 곳에 있는 듯하오…."라며 중얼거렸는데, 그게 시인지 뭔지 알 수가 없었다. 물론 희란 역시 시답지 않다는 듯 들은 체도 하지 않았다.

심지어 진 화백은 그림도 그렸다. 천변풍경에는 사방 벽에 크고 작은 그림들이 걸려 있었는데, 그중 몇 개는 자신이 그린 거라며 자랑했다. 그래서 유심히 보았는데, 유독 고양이 그림이 눈에 띄었다. 특이하게도 그는 예쁘고 귀여운 고양이보다는 호랑이처럼 달려가는 모습이나, 쥐를 잡는 고양이 모습을 더 잘 그렸다. 아마 천변풍경에 있는 다섯 마리의 고양이를 보고 그린 듯했다. 어쨌

---

* 마귀를 내쫓음. '퇴마'와 유사한 말.

거나 도무지 종잡을 수 없는 사람이었다. 하긴 그런 사람과 매번 가배를 마시고, 심각한 이야기도 나누는가 하면 시시덕거리기를 마다하지 않는 희란도 엉뚱하기는 마찬가지였다.

어디 그뿐이던가. 염 기자라는 사람은 왜 그를 꼬박꼬박 도련님이라고 부르는 건지?

며칠 동안, 특히 맹코가 준 장신구를 신부에게 건네준 뒤부터, 진 화백은 희란과 래호에 관한 이야기만 나누었다. 하긴 신부가 거의 매일 찾아와 머물렀으니 그럴 만도 했다. 가끔 진 화백이 불러들인 손님들이 한둘 더 끼어들기도 했다. 얼결에 그들의 이야기를 엿들으며 채령은 몇 가지를 알아차렸다.

다미앵 신부는 법국*에서 온 야소교** 신부였고, 래호는 그가 입양한 조선 아이였다. 래호를 입양한 사연도 예사롭지 않았다. 래호의 외할아버지는 병인년***에 순교했고, 부모 역시 신부를 도와 선교 활동 중이었다. 그러다가 몇 년 전 전염병에 걸려 세상을 떠났다. 고아가 된 래호를 신부가 데려와 키웠다. 조선에 와서 래호의 부모에게 많은 도움을 받았기 때문이라고 했다. 어쨌든 래호는, 그림으로만 보면 다미앵 신부처럼 서양의 아이처럼 보였다. 더불어 채령은 맹코가 준 나무 장신구를 묵주라 부른다는 것, 또한 다미앵 신부가 엄마를 찾아왔던 이유는 실종 신고를 했

---

* '프랑스'의 음역어.
** '예수교'의 음역어로, 천주교를 가리키던 말.
*** 병인박해가 있었던 1866년.

는데도 경찰이 종종 있는 일이라며 아이를 찾을 생각도 하지 않아서라는 것도 알게 되었다.

신부의 말을 듣고 진 화백은 역정을 냈다.

"왜놈 순사들이 관심이나 있겠소? 자기들 일 아니면 손가락 하나 까딱하지 않을 게요."

그러더니 그는 "내가 나서 보겠소. 종로 경찰서에 아는 형사가 있소." 하며 어디론가 여러 번 전화를 걸었다. 그리고 어제 정오쯤, 정말로 일본 순사들이 나와 청계천 아래를 샅샅이 뒤졌다. 희란과 진 화백, 그리고 신부는 수색하는 경찰을 따라다니다가 서너 시간이 지난 뒤에야 돌아왔다. 하지만 아무것도 발견하지 못했다며 투덜거렸다.

아무리 쳐다봐도 수수께끼 같은 진 화백을 힐끗거리면서 채령은 생각에서 빠져나왔다. 마침 고양이가 눈에 들어와서였다.

로사였다. 온통 까맣고 한쪽 귀만 흰 털로 덮인 고양이였다. 채령이 움직일 때마다 어느 곳에나 따라와 지켜보곤 했던 녀석이 지금은 탁자 위에 올라가 있었다. 녀석은 희란이 "초이스!"라고 말하자 탁자 위에서 두어 바퀴를 돌더니 희란이 펼쳐 놓은 카드 중에서 다섯 장을 앞발로 톡톡 쳐서 빼냈다.

카드를 이리저리 살피던 희란이 말했다.

"자, 이것 보세요. 로사가 뽑은 첫 번째 카드는 다섯 마리의 흰 말이 그려진 카드예요. 두 번째 카드는 칼을 든 서양의 기사가 나왔네요. 세 번째는 암벽이고, 총과 연못. 흠, 곧 백마 탄 왕자가 나타나 손님을 어려움에서 구해 줄 거예요. 어려움이 따르긴 하겠지만 지금 만나는 분이 있다면…."

공연히 그 목소리를 들으며 희란의 탁자 쪽을 쳐다볼 때였다. 창을 등진 희란의 어깨 너머로 누군가가 나타났다. 조심스럽게 이쪽 창 안을 기웃거렸는데, 다름 아닌 단아였다. 그 옆으로 맹코도 보였다. 단아는 열심히 손짓을 했다. 어서 나오라는 것 같았다.

채령은 일어났다. 그와 동시에 희란이 이쪽을 쳐다보았지만 무어라고 말하지는 않았다. 채령은 찬찬히 걸어 천변풍경의 문을 열었다. 그러자 어느새 길 건너편으로 건너간 단아와 맹코가 빨리 오라며 요란스럽게 손짓을 해 댔다.

"맹코가 이상한 소리를 들었대!"

마치 아주 비밀스러운 말이라는 듯, 단아는 이쪽저쪽을 두리번거리다가 채령의 귓가에 대고 말했다.

"무슨 말인데?"

"래호 말이야. 내가 들었어. 호호한테…. 짝발 형 이야기야!"

이번엔 맹코가 대답했다. 호호는 또 다른 아이인 모양이었다. 하지만 앞뒤를 툭 자르고 하는 말이어서 두 아이가 무슨 말을 하려는지 짐작이 되지 않았다. 그래서 둘을 번갈아 쳐다보았다. 그러나 이번에도 단아는 채령을 잡아 이끌었다. 그러더니 청계천 아래쪽으로 내려갔다.

"호호가, 짝발 형이 뽀글이 아저씨를 만나는 걸 봤대."

양쪽에 제법 굵은 통나무를 얼기설기 엮어 만든 움막 사이에 자리를 잡더니 맹코가 말했다. 이번에도 뜬금없었다.

"천천히 좀 말해 볼래? 뽀글이 아저씨는 누구야? 뭘 하는 사람인데?"

"왜놈 앞잡이야."

"뽀글이 아저씨는…. 무슨 일을 하는지 몰라. 도망치는 불령선인을 신고했다는 말도 있어. 독립군 말이야. 아무튼 가끔 나타나서 짝발 형이랑 한참 동안 이야기하고 가곤 해. 그런데 그때마다 아이들이 하나씩 없어졌어."

맹코가 툭 끼어들었고, 단아가 얼른 나서서 채령의 질문에 대답했다.

"없어지다니?"

"짝발 형이 우리 중에 일 잘하는 애를 골라서 뽀글이 아저씨한테 보내는 거야. 그럼 그 애는 남의 집 양자로 가는 거래."

그 말에 채령은, 진 화백이 했던 말이 떠올랐다. 그래서 재촉해 물었다.

"양자로 간다고?"

"응. 짝발 형이 항상 그랬거든. 자기한테 잘 보이면 부잣집 양자로 보내 주겠다고. 그래서 아이들이 짝발 형에게 잘 보이려고 엄청 열심히 일해."

"양자로 가는 것 맞아?"

"거짓말이야. 팔아먹은 거래. 혜순이도 데려갔단 말이야. 나 찾아온다고 했는데, 아직 한 번도 안 왔어."

채령의 질문에 다시 맹코가 나섰다. 그 말을 듣고 채령은 단아를 쳐다보았다.

그러자 단아가 답했다.

"혜순이는 맹코 여동생이야. 작년에 짝발 형이 뽑아 갔어. 그때도 뽀글이 아저씨가 나타났었어."

"그럼 이번에도…?"

그러자 단아가 고개를 끄덕였다.

"응. 얼마 전에도 뽀글이 아저씨가 다녀갔어."

"그럼 이번에도 짝발 형이란 사람이 뽀글이 아저씨랑 짜고 래호를 데려갔을 거란 뜻이야?"

"확실하지는 않지만, 그럴지도 모른다고…."

채령이 되묻자 단아는 슬쩍 꼬리를 내렸다. 하지만 채령이 생각하기에는 그럴듯한 추측이었다. 그런데 이상한 점이 있어서 다시 물었다.

"그동안은 왜 가만히 있었어?"

"확실치 않았으니까. 우린 정말로 짝발 형이 아이들을 좋은 데로 입양 보내 주는 줄 알았거든."

"그런데?"

"그런데 얼마 전에 몇몇 아이들이, 여기서 양자로 갔다는 아이가 어느 집 노비로 일하고 있는 걸 보았대. 어떤 아이는 시골로 팔려 갔고, 신당리* 무당집에서 종노릇하는 애도 있대."

채령은 고개를 끄덕였다. 그 말이 사실이라면 짝발이 아이들을 계속 빼돌린 게 맞고, 어쩌면 래호도 짝발과 뽀글이 아저씨가 데려갔을 것이다. 그렇다면 그건 납치한 것이나 다름없었다.

채령은 며칠 전 마주쳤던 짝발을 떠올렸다. 막연했지만, 그때 마주쳤던 짝발에게서 느껴진 기운은 아주 불길했다.

"어떻게 하지?"

단아가 채령을 쳐다보면서 물었다. 맹코도 채령을 빤히 쳐다보았다. 눈곱이 낀 눈을 깜박였다. 하지만 채령은 무어라 대답할 수가 없었다.

그런데 채령은 또 다른 의문이 들었다.

"래호를 꼭 찾아야 해? 오랫동안 함께 지낸 친구도 아니잖아."

"우리가 천국 갈 거랬어. 극락이랑 같은 거래."

의외로 맹코가 주저 없이 답했다. 채령은 무슨 말인가 싶어서, 맹코를 쳐다보았다. 이번에도 단아가 덧붙였다.

"래호는 왜인지는 모르지만 말을 잘 못했어. 그렇다고 아주 못하는 건 또 아니었고…. 아, 그리고 우리한테 계속 그랬어. 천국 갈 거라고."

---

* 지금의 서울 중구 신당동.

"거긴 배고픔도 걱정도 없는 곳이랬어. 야소님만 믿으면 간댔어. 양반이고 천한 백성이고 다 똑같댔어."
"야소님?"
"맹코가 준 장신구 말이야. 거기 매달린 사람이 야소님이랬어."
뭔 소린지 알 수 없었다. 그리고 지금은 그게 중요한 게 아니었다. 채령은 손을 들어 말을 멈추게 하고 물었다.
"잠깐만! 그런데 왜 래호를 데려다주지 않았어? 너는 길을 잘 알잖아. 나를 수표교까지 데려왔고."
"아무리 물어봐도 말을 잘 못했다니까! 저런 말도 우리가 겨우 알아들은 거라고! 그리고 그 애도 우리처럼 쫓겨나거나 부모를 잃어버린 줄 알았지."
채령은 고개를 끄덕였다. 래호에게 장애가 있을 것이란 추측이 됐다. 하지만 그래서 더더욱 어떻게 해야 좋을지는 생각나지 않았다. 채령은 주머니에 손을 넣어 묵주를 만지작거렸다.
며칠 전, 진 화백이 그린 래호의 얼굴을 본 뒤에 채령은 다미앵 신부에게 묵주를 내밀었었다. 그러자 신부는 그것을 받더니, 무릎을 꿇고 "오, 주여!"를 수도 없이 외쳤다. 어디서 났느냐는 신부의 물음에 채령은 청계천에 내려갔다가 주웠다고 둘러댔다. 아이들이 준 것이라는 말이 목구멍에까지 차올랐지만, 왠지 약속을 지켜야 할 것 같았다. 다행히 의심하는 것 같지는 않았다. 아니, 그런 생각을 할 틈도 없이 신부는 청계천으로 달려갔다. 그리고 밤새도록 청계천 곳곳을 뒤졌다. 물론 래호는 찾지 못했다. 그걸 보더니 진 화백이 경찰을 부른 거였다.

그런데 뜻밖에도 다미앵 신부가 채령을 한참이나 쳐다보더니 묵주를 채령에게 주었다. "이 묵주는 네가 갖고 있는 게 좋겠구나." 하면서. 이유는 알 수 없었다. 왜냐고 물어도 대답하지 않았다. 문득 한 가지 의심이 가는 데가 있었지만, 채령은 아닐 것이라 생각하고 고개를 저었다.

그때였다. 채령이 한창 묵주를 만지작거리고 있는데, 다급한 목소리가 들려왔다.

"단아야, 단아 어딨어?"

안개가 자욱한 물가 저편에서 누군가 달려오고 있었다. 목소리를 들은 단아는 얼른 소리가 난 쪽으로 나아갔다. 단아 또래의 남자아이가 이편으로 달려오고 있었다.

"육손아, 무슨 일이야?"

"짝발 형이 나갔어. 조금 전에 뽀글이 아저씨가 나타났었거든. 새 옷으로 갈아입고 조금 전에 나갔어."

힐끗 보았더니, 달려온 아이는 오른손 손가락이 여섯 개였다.

"정말이야? 누가 따라갔어?"

"초롱이가 갔어."

"걱정하지 마. 초롱이는 우리 중에서 가장 똑똑해. 한자도 읽을 줄 알아. 언문도 알고."

단아는 묻지도 않았는데 채령에게 안심하라는 듯 말했다. 그러려니 했다. 저희끼리는 무언가 긴급하고 비밀스러운 일을 벌이고 있는 것 같은데 채령은 더 무어라 참견할 수가 없었다. 그런데 그때 문득 한 가지 생각이 스쳤다.

"너희가 지내는 곳에 가고 싶어. 아, 내 말은… 래호가 있었던 곳 말이야."

"지금?"

채령의 말에 단아가 고개를 갸웃거리면서 물었다. 옆에 있던 맹코도 눈을 껌뻑였다. 무슨 영문인지도 모른 채 서 있던 육손이 답했다.

"지금 아무도 없어. 짝발 형이 눈치도 데리고 갔어."

"그럼, 가자. 그런데 왜?"

단아가 아예 한발 나서며 물었다. 하지만 채령은 무어라 대답하지 못했다. 아까 묵주를 만지작거리기 시작한 뒤부터 자꾸만 래호의 모습이 머릿속에 떠올랐기 때문이다. 이를테면 래호가 살았던 곳에 가면 무언가 알 수 있는 게 더 있을지 모른다는 막연한 기대랄까.

다행히 단아는 더 묻지 않고 천변을 거슬러 오르기 시작했다.

"특히 요 며칠 동안 짝발 형이 좀 이상하긴 해. 경찰이 다녀간 뒤부터 뭔가 자주 없어지고 신경질도 늘었어."

"…!"

"래호 찾는다고 경찰이 천막까지 일일이 다 뒤졌잖아. 그때 경찰이 짝발 형한테 꼬치꼬치 캐물었거든. 그때부터 애들한테 막 욕하고 그랬어. 우리한테도 절대로 래호를 본 적 없다고 말하라고 시켰고. 래호에 대해 이야기하면 가만두지 않는다고 했어."

단아는 채령이 답하지 않자 덧대어 말했다.

"그래서 어떻게 했어?"

"우리는 말 안 했지. 그런데 경찰이…. 저기야."

말을 하다가 말고 단아가 커다란 버드나무 아래 자리 잡은 판잣집을 가리켰다. 그 곁에 누더기 같은 천을 지붕 대신 펼쳐 놓은 천막들이 줄줄이 늘어서 있었다. 통나무 두어 개를 가로지르고 거적을 덮어 놓은 집도 눈에 띄었다. 채령은 천천히 다가가며 묵주를 손에 꽉 쥐었다. 아지랑이처럼, 래호가 천막 안팎을 오가는 모습이 그려졌다. 판잣집 안에서 움막으로, 천변 아래에서 윗길로 오가는 모습들…. 그 모습은 천막이 가까워질수록 선명해졌다.

그런데 어느 순간, 코끝에 악취가 맡아졌다. 이신귀를 마주했을 때 맡았던 바로 그 냄새였다. 그와 함께 알 수 없는 귀의 일그러진 모습이 머릿속에 그려졌다. 생각보다 그 형체가 또렷해서 채령은 자신도 모르게 걸음을 멈추었다.

낯선 두려움이 고개를 들었다.

내 눈에는 보여

 발걸음이 판잣집으로 먼저 갔다. 단아가 "거긴 짝발 형이 살던 곳이야!"라고 말했지만, 채령은 멈추지 않고 삐걱거리는 문을 열었다. 곧바로 단아와 두 아이가 따라 들어왔다.
 그나마 움막보다는 넓고 깨끗했다. 살림살이라고는 한쪽 구석에 놓인 궤짝이 전부였다. 그 위에 누더기나 다름없는 이불이 쌓여 있었고, 벽에는 옷가지들이 어지럽게 걸려 있었다. 다른 쪽 구석에는 갖가지 그릇과 고무신 몇 켤레가 나뒹굴었다. 그 옆에도 어디서 주워 왔는지 알 수 없는 잡다한 물건들이 쌓여 있었다. 이를테면 찢어진 책과 신문지와 깨진 벼루와 다리 하나 없는 소반 따위….
 그런데 이상했다. 짝발의 행실이라면 나쁜 기운이 가득할 것이라는 예상과는 달리 방 안은 의외로 평온했다. 바깥에서 느꼈던 불길하고 악한 기운이 와닿지 않았다. 알 수 없는 일이었다.

그럴 즈음 단아가 묻지도 않은 말을 했다.

"여기서 짝발 형이랑 눈치가 자. 눈치는 짝발 형 동생이야. 친동생은 아니고…."

"동생 아니야. 그냥 망꾼이야. 짝발 형 앞잡이지 뭐. 왜놈 순사 앞잡이 같은 거 말이야. 고자질쟁이야."

단아가 먼저 입을 열자, 뒤미처 맹코가 짜증 내는 듯한 목소리로 말했다. 그러더니 또 저희끼리 몇 마디 더 주고받았다.

"처음엔 안 그랬잖아. 눈치도 착했어."

"쳇! 그렇게 따지면 짝발 형은 뭐, 처음부터 괴물이었나? 우리가 왜 저 밑에 원숭이 형한테로 안 가고 이리로 왔는데? 단아, 너도 짝발 형이 더 착한 사람이라고 했잖아."

"알아. 그랬어. 그래도 지금 다른 데를 갈 수도 없잖아. 그랬다가는 이 바닥에서 쫓겨나. 짝발 형이 경성에 발도 못 붙이게 한댔어. 도망가는 놈은 경성 구석구석을 찾아서라도 잡아 온댔다고."

"그렇게 나쁜 사람인데…. 착했다고?"

두 아이가 주고받는 말을 들으며 주변을 둘러보다가 채령은 누구에게랄 것도 없이 물었다.

"응. 내가 처음 짝발 형을 찾아왔을 때만 해도 그랬어. 우리가 먹을 것을 얻어 오면 아이들부터 나누어 주고 짝발 형은 제일 나중에 먹었어. 아이들이 많이 얻어 오지 못하면 조금씩 먹더라도 절대 굶기지 않았어. 아픈 아이들이나 어린애들은 가장 따뜻한 곳에 재웠고, 여자애들한테는 힘든 일을 시키지 않았어."

"장 영감 때문이야. 장 영감이 계순이를 죽였어. 그래서 짝발 형이 화가 난 거야."

"무슨 말이야?"

채령은 되물었다. 그러고 보니 맹코는 잘 끼어들어 말을 자르곤 했다. 자기 생각을 불쑥불쑥 이야기하는 바람에 자꾸만 엉뚱하게 들렸다. 그나마 단아가 덧붙여 설명해 주곤 했지만.

"짝발 형 여동생이 설사병이 걸렸어. 잔칫집에 갔다가 상한 음식을 먹었대."

"그 사람들도 나빠. 상한 거 알고, 우리가 거지니까 던져 준 거야. 닭고기가 맛있다고 계순이가 얼마나 많이 먹었는데."

"맞아. 닭고기를 먹고 배탈이 났어. 밤새도록 토하고 설사하고 기절했다가 깨어나고 온몸이 불덩이였어. 하는 수 없이 동대문에 있는 의원에 가서 사정했는데 돈이 없다고 쫓겨났어. 짝발 형이 머슴을 해서라도 갚겠다고 사정했는데, 장 영감이 순사를 불러서 내쫓은 거야."

"맞아. 순사가 붙잡아 갔다가 사흘이나 풀어 주지 않았대. 아무리 동생이 아프다고 해도 소용없었대. 그 사이에 계순이는 움막에서 죽었어. 왜놈들이 더 나빠!"

"그때부터 짝발 형이 이상해졌다는 거야?"

아이들의 말에 채령은 짧게 물었다.

"으응. 며칠 동안 사람들 원망하면서 울더니, 어느 날 갑자기 밥도 돈도 못 벌어오는 아이들을 때리고 윽박지르기 시작했어. 알지? 그래서 우린 아침에 일어나자마자 구두를 닦거나 구걸하러 경성역은 물론이고 백화점 주변이랑 동대문까지 다니는 거야."

단아는 자신의 처지를 알아달라고 하소연하듯 말했다. 채령은 반사적으로 고개를 끄덕이고 단아에게 물었다.

"혹시 그때 주위에 누군가가…. 아, 아니야!"

채령은 언뜻 생각나는 것이 있어서 하나 더 물을까, 하다가 그만두었다. 공연한 짓인 것 같아서였다. 더구나 그즈음, 궤짝에서 알 수 없는 따스한 기운이 느껴졌다. 채령은 얼른 한 손을 들어 아이들의 말을 멈추게 하고 궤짝을 더듬었다. 자신도 모르게 한쪽 손잡이를 당겼다. 그리고 안을 들여다보았다.

궤짝 안에는 별별 것이 다 들어 있었다. 깔끔한 구두 한 켤레와 양복도 있었고, 새까만 안경과 모자…. 그걸 하나씩 뒤적거리다가 손에 잡히는 게 있었다. 한쪽 구석에 숨겨진 듯 광목천에 곱게 싸여 있던 것이었는데, 채령은 반사적으로 그것을 집어 들었다. 그 안에서 나온 것은 옥색 댕기였다. 온화한 기운이 느껴졌다. 엄마의 말이 생각났다.

"영혼이 맑고 귀한 사람에게서는 따뜻한 기운이 느껴진단다. 그에게서 나는 향기가 사악한 기운마저 누그러뜨리지."

'이것이었구나!'

짐작되었다. 누구 것인지, 그리고 왜 이 판잣집 안에서는 나쁜 기운이 기를 펴지 못하는지. 채령은 댕기의 주인이 가진 착한 심성이 나쁜 기운을 눌러 준다고 생각했다. 그래서 단아에게 물었다.

"혹시 짝발 형은 항상 그랬어? 아니면…."

"아니야. 어떤 때는 옛날 착한 짝발 형의 모습이었다가, 때로는 무섭게 변하기도 했지. 요즘은 무서울 때가 더 많지만."

그 말에 채령은 자신도 모르게 고개를 끄덕였다. 댕기를 다시 제자리에 두고 판잣집에서 나왔다. 그리고 바로 옆, 구덩이를 파고 천막을 덧씌운 움막으로 걸음을 옮겼다.

그러나 움막에 채 발을 들여놓기도 전에 채령은 움막 주변에서 서성거려야 했다. 묵주를 만질 때와 흡사한 느낌이 곳곳에서 느껴졌다. 그래서 진 화백이 그린 래호의 모습에만 집중했다.

"래호!"

채령은 자신도 모르게 이름을 불렀다. 그러자 몸이 획 돌아갔다. 움막이 아닌, 청계천 상류 쪽이었다. 채령은 무언가에 홀린 듯 그쪽으로 걸어갔다. 어느새 파란 이파리를 잔뜩 피워 낸 버드나무 아래였다. 자신도 모르게 그 주변을 서성거렸다. 그리고 마침내 바깥으로 도드라진 버드나무 뿌리 옆에서 무언가 반짝이는 작은 구릿빛 둥근 조각을 하나 발견했다.

얼른 주워 들었다. 그러자마자 호기심 어린 얼굴로 단아가 바싹 다가왔다.

"어? 고보 형아들 옷에 달린 단추처럼 생겼어."

그 말에 채령은 며칠 사이 길거리에서 지나치며 본 청년들의 교복을 떠올렸다. 그러고 보니 맞는 것 같았다. 그때 맹코가 다가와 거리낌 없이 말했다.

"래호 옷에 있던 단추야."

그 말에 채령은 맹코를 쳐다보았다.

"내가 봤어. 래호 처음 만났을 때, 겉에 발목까지 오는 긴 옷 입었잖아. 그 옷에 단추가 많이 달려 있었어. 내가 옆에서 잘 때 그게 신기해서 만지작거렸다고. 우리는 그런 옷 입어 본 적이 없어서…."

"맞아. 래호가 맹코 옆에서 잤지. 둘이 친했어."

맹코의 말에 단아가 고개를 크게 끄덕였다. 그리고 그 순간, 채령은 다미앵 신부가 입고 있던 옷의 모양이 생각났다. 그가 입고 있던 옷도 두루마기처럼 길었으며 앞쪽에 반짝이는 단추가 줄줄이 달려 있었다. 어쩌면 래호도 비슷한 옷을 입었을 거란 생각이 들었다. 그러자마자 확신에 가까운 추측이 스쳤다.

'우연이 아니야. 어쩌면 래호가 일부러 단추를…?'

그와 동시에 래호가 누군가와 함께 있는 장면이 기억처럼 머릿속에서 반짝거렸다. 그래서 채령은 자신도 모르게 생각이 흐르는 쪽으로 걸었다.

"어딜 가는 거야?"

단아가 쫓아오며 물었다. 그러거나 말거나 채령은 말없이 앞으로 나아갔다. 흔적은 상류 쪽으로 이어지다가 돌다리를 건넜다. 그리고 개천 위의 계단으로 오르고 이어서 판잣집들이 늘어선 골목으로 들어갔다.

얼마나 걸었을까. 채령은 판잣집 사이에 끼인 초가집 앞에서 또 하나의 단추를 발견했다. 그러자 래호라는 아이가 새삼 궁금해졌다.

'만약 래호가 일부러 단추를 하나씩 뜯어서 흘렸다면 보통 아이가 아닐 거야. 비록 말을 잘하지 못하더라도…?'

그래서 잠시 머뭇거렸다. 하지만 그 생각은 나중에 하기로 했다. 그즈음부터 래호의 흔적이 더 강해졌기 때문이다. 채령은 한 손에는 묵주를 쥐고, 진 화백이 그린 그림 속 래호의 얼굴을 떠올리며 걸었다. 이제는 자신이 무언가를 찾아가는 느낌이 아닌, 보이지 않는 래호가 채령을 잡아당기는 느낌이었다.

"도대체 어딜 가는 거야? 알고 가는 거냐고! 여기까진 왜 왔어?"

"맞아. 여긴 동대문 가는 길이야. 래호가 이리로 간 거야?"

단아와 맹코가 옆으로 바짝 다가와 물었다. 채령은 고개를 끄덕였다. 그리고 살짝 언덕진 길을 부지런히 올라갔다. 그 언덕을 넘어서자마자 다시 내리막길이었고, 그 끝에 자동차가 지나다니는 큰길이 보였다. 채령은 그 길을 따라 내려가다가 허름한 2층

건물 앞에 멈추었다. 입구가 유리창으로 된 미닫이문이었는데, 먼지가 뽀얗게 내려앉아 있었다. 무얼 하던 건물인지는 알 수가 없었다.

채령은 반쯤 열린 문을 열고 조심스럽게 안으로 한 발 들여놓았다. 복도가 길게 이어져 있었다. 양쪽에 방문이 몇 개씩 보였고, 복도 끝에는 나무 그림이 걸려 있었지만 어둑어둑해서 확실하게 보이지는 않았다. 채령은 몇 걸음 안으로 들어갔다.

"여기가 어딘데?"

단아가 바싹 붙어 물었다. 채령은 대답할 수가 없었다. 미처 몇 걸음 내딛지 않았을 때 코끝으로 심한 악취가 흘러들어 왔기 때문이다.

'이신귀!'

채령은 단번에 그 생각이 스쳤다. 기분이 좋지 않았다. 그 악취에 래호의 흔적이 동시에 느껴졌기 때문인지도 몰랐다. 결국 이신귀와 래호가 함께 있을지도 모른다는 생각이 들어서 더 불안했다.

"나, 무서워!"

꽁무니에서 맹코가 칭얼댔다. 그러나 무어라 참견할 틈도 없이 복도 끝, 오른쪽에서 왼쪽으로 무언가 휙 지나갔다. 악취도 그쪽에서 났다.

채령은 잠깐 머뭇거리다 앞으로 나아갔다. 그런데 서너 걸음 더 내디뎠을 때였다. 왼쪽 문안에서 덜그럭거리는 소리가 들렸다. 그러더니 무언가가 벽에 부딪히는 소리도 났다.

툭, 투투툭!

채령은 떨리는 손으로 문을 열었다. 그러나 방 안에는 아무것도 없었다. 문 반대편 창이 바람에 열리고 닫히기를 반복하고 있었다. 낡은 그릇과 부서진 나무 의자와 쓰레기만 구석에 버려져 있었다.

다시 문을 닫고 복도를 걸었다. 하지만 이번에는 반대쪽 문이 덜컹거렸다. 바람 때문이려니 생각했지만, 그러자마자 부스럭거리는 소리가 들리다가 무언가가 문을 긁어 대는 소리가 났다. 채령은 주저하다가 재빨리 문을 열었다. 바로 그때 무언가 훅 튀어나왔다.

"헉!"

"끄아악!"

채령은 숨을 급히 들이쉬었고, 뒤편에 있던 단아와 맹코가 비명을 내질렀다. 비명과 함께 쥐 한 마리가 방에서 나와 복도 끝으로 내달렸다.

채령은 가슴을 쓸어내리고 문을 지나쳐 복도 끝을 향해 나아갔다. 그런데 열댓 걸음 앞에서 조금 전 사라졌던 쥐가 다시 이쪽으로 달려 나왔다. 얼결에 옆으로 피했더니, 쥐는 단아와 맹코를 향해 맹렬하게 뛰어갔다. 둘은 또다시 비명을 지르며 뒤로 달아났다.

그리고 채령 바로 앞에는 천장에 매달려 있던 전등이 툭 떨어져 내렸다.

"헉!"

채령은 자신도 모르게 숨을 훅 들이쉬었다. 심장이 거칠게 뛰었다. 당장이라도 뒤돌아 달아나고 싶었다. 나중에 다시 오더라도 지금은 나가야겠다, 싶었다. 그래서 움직이지 못했다. 하지만 마음을 굳히기도 전에 복도 끝 왼쪽에서 누군가가 나타났다.

짝발이었다. 아니나 다를까. 악취는 그에게서 났다. 처음 만났을 때보다 훨씬 역했다.

"넌 누구야?"

짝발의 목소리는 얼마 전 수표교 위에서 보았던 중년 신사가 냈던 목소리와 흡사했다. 쇳소리와 가래가 끓는 듯한 소리가 겹쳐 있었다. 이신귀가 내는 소리였다.

"래호 어디에 있어요? 보내 줘요."

"캬캬캬캬! 겁도 없이 함부로 지껄이지 마. 넌 내가 무섭지 않나?"

채령의 말이 우습다는 듯, 짝발이 거칠게 웃으며 말했다. 그 말에 채령은 무섭다고 대답할 뻔했다. 정말로 무서웠으니까.

짝발이 한 걸음 다가왔다. 한 발을 조금씩 절뚝거렸다.

"도망갈 기회를 주었는데도 버티고 있다니, 무슨 배짱이지?"

그 말의 뜻을 알 것 같았다. 문안에서 일부러 소리를 낸 것이나, 쥐를 쫓아낸 것이 모두 그가 꾸민 일이란 뜻이었다.

"래호를 보내 주면 돌아갈게요."

채령은 한 번 더 용기를 내서 말했다. 하지만 그러자마자 짝발은 다시 한번 웃었다.

"캬캬캬! 가소로운 것!"

그러더니 성큼성큼 다가왔다. 수표교 위의 중년 신사가 그랬던 것처럼 짝발은 대뜸 채령의 어깨를 잡아 눌렀다. 억센 손아귀 힘 때문에 어깨가 깨질 듯 아팠다. 채령은 얼른 어깨를 누르고 있는 짝발의 손을 붙잡았다.

그때였다. 무언가 알 수 없는 기운이 짝발의 손을 통해 흘러들어 오는 느낌이 들었는데, 그러자마자 어디선가 본 것 같은 장면들이 머릿속에 솟아올랐다.

독!

짝발 속에 숨어 있는 이신귀의 정체가 읽혔다. 아주 짧은 시간에 수많은 장면이 머릿속을 훑고 지나갔다. 무엇보다 하늘로 치솟는 불길에 휩싸인 집과 그 앞에 서 있는 이신귀의 모습이 보였다.

채령은 급히 말했다.

"집에 불이 나서 가족을 잃었죠? 당신도 가족을 구하려다가 죽었어요."

채령은 머릿속에 떠오른 장면을 기억해 말했다. 그러나 이신귀가 말을 끊었다.

"뭐? 지금 뭐라고 했지? 그걸 어떻게?"

"내 눈에는 보여요! 당신이 뭘 하려는지도 알고요."

"뭐, 뭐라고?"

"그렇게 죽은 게 억울해서 악령이 되어 다른 사람의 몸으로 들어간 거잖아요. 당신과 비슷하게 억울한 처지로 살고 있는 사람을 찾아내서 그가 복수할 수 있도록 돕고 있잖아요. 사실은 자신이 직접 복수하고 싶으면서…."

"커흑! 너, 정말 뭐야? 퉤엣!"

짝발은 기분 나쁘다는 듯 소리치며 잡았던 채령의 어깨를 놓았다. 그러더니 침을 뱉고 매섭게 채령을 노려보았다. 얼굴을 일그러뜨리고 짐승처럼 크르렁거렸다.

"이러지 말아요. 래호만 돌려주세요."

"네가 뭘 안다고 함부로 지껄이는 거야? 내가 어떻게 죽었는지 알고나 하는 소리야?"

"잘 알아요. 당신의 가족들은 부잣집 일꾼으로 살았고, 운이 없게도 무오년 독감* 때 전염병에 걸렸어요. 살 수 있었는데도 부잣집 주인이 전염병을 막아 보겠다고 전염병 환자가 있는 집은 모두 불을 질렀죠. 그때 당신의 집도 타 버렸고…."

---

* 1918년 세계적으로 유행했던 인플루엔자, 일명 스페인 독감을 일컫는다. 한반도에서도 많은 사람이 감염되고 사망했다.

"시끄러워!"

"그 바람에 엄마가 죽고 엄마를 구하려고 불난 집에 뛰어든 당신도 죽었죠. 10년 넘게 잡귀로 떠돌다가 얼마 전에 이신귀가 되었고요."

짝발이 소리쳤지만, 채령은 개의치 않았다. 짝발의 몸이 손에 닿았을 때 읽어 낸 장면들을 떠올리며 이어서 말했다. 그러자 그의 표정이 더 일그러졌다. 그 몸속의 이신귀가 적잖이 놀란 모양이었다.

"네가 그걸 어떻게 알았지? 퇴마사인가?"

"그건 중요하지 않아요. 어서 그 몸에서 나와요."

"시끄러워! 내 정체를 알아챈 이상 너도 각오해야 할걸? 한 번 더 기회를 줄 테니, 지금이라도 달아나든가."

"그러지 말아요. 이제 그만해요. 그런 식으로 복수하면 또 다른 사람이 억울해지잖아요."

채령은 서슴없이 말했다. 자신의 입에서 나온 말이지만 남의 말처럼 느껴졌다.

"캬학!"

짝발은 침을 뱉었다. 그리고 갑작스레 절뚝이며 걷는 모습이 왠지 기괴해 보였다. 채령은 뒤로 물러났다. 말은 했지만, 겁이 났다. 점점 더 일그러지는 짝발의 얼굴이 너무나 무서웠다.

"엄마…!"

채령은 자신도 모르게 중얼거렸다. 그러나 피할 수 없었다. 어느새 짝발은 빠르게 다가와 채령의 멱살을 잡아챘다. 아까보다 억센 힘이 채령의 가슴과 목을 누르기 시작했다. 채령은 버둥거렸다. 숨이 막혔다. 어떻게 해야 할지 생각했다.

채령은 주먹을 꼭 쥐었다가 폈다. 그리고 이전에 그랬던 것처럼 세 발 달린 새가 그려진 손바닥으로 짝발의 가슴을 밀어 냈다.

"커헉!"

짝발이 열댓 걸음 뒤로 떨어져 나갔다. 비틀거리면서 한쪽 벽에 기대 거친 숨을 몰아쉬었다. 그런 다음 곧 정신을 가다듬고 다시 채령을 향해 바로 섰다. 그러더니 괴성을 질렀다.

"캬하하하학!"

알 수 없는 분노로 그는 온몸을 떨었다. 머리칼이 하늘로 치솟고, 눈은 붉게 타올랐다. 괴수의 모습이었다. 그런 채로 짝발은 한 손으로 벽을 퍽 내리쳤다. 그러자 벽에서 흙이 후드득 떨어져 내렸다. 그것만으로도 채령은 머리칼이 쭈뼛 서는 기분이었다. 그래서 뒤로 한 걸음 물러났다.

그러자마자 뒤쪽에서 문이 열렸다. 얼른 고개를 돌려보니, 뜻밖에도 고양이가 나타났다. 로사가 마치 맹수의 모습으로 뛰어들었다. 더 놀란 건, 로사가 입에 쥐를 물고 있었다는 것. 그 탓에 채령은 숨을 죽이고 로사를 지켜보았다. 입에 물고 있는 쥐는 아까 달아나던 그 쥐가 틀림없었다.

로사는 총총 걸어서 짝발 앞으로 갔다. 그러더니 쥐를 그 앞에 내려놓았다. 그러자 짝발이 기분 나쁘다는 듯 잔뜩 인상을 썼다. 아니, 그러는가 싶더니 한 손으로 로사를 내리쳤다. 하지만 로사는 재빨리 피했고, 빠른 동작으로 벽을 타고 올라 짝발의 얼굴을 할퀴었다.

"냐아아아옹!"

거기서 끝이 아니었다. 또 다른 고양이 서너 마리가 나타났다. 카리나와 제노, 그리고 네온…. 고양이들은 약속이나 한 듯 짝발에게 달려들었다. 고양이들이 동시에 여기저기서 튀어 오르고, 짝발은 그에 맞서 사방으로 양팔을 휘둘렀다. 그 바람에 벽과 방문이 부서졌다. 짝발과 고양이들은 한참을 그렇게 뒤엉켜 싸웠다.

그러던 어느 순간, 짝발이 다시 한번 괴성을 지르며 뒤로 물러났다. 그리고 복도 안쪽의 방문 하나를 열고 달아났다.

채령은 얼른 쫓았다. 짝발이 들어간 방문을 열자마자 창문 너머로 도망가는 짝발의 뒷모습이 보였다. 채령은 얼결에 소리쳤다.

"로사, 어서 뒤를 쫓아!"

그런데 정말 그 소리를 알아들은 것일까. 로사가 재빨리 창을 타 넘어 짝발을 쫓아가기 시작했다.

고양이를 따라서

"… 도쿄 근처에 대심령사 유키무라란 사람이 있습니다. 난 그의 존재를 프랑스에 공부하러 온 일본인을 통해 알았습니다. 그의 조상들이 한결같이 심령술사였습니다. 무엇보다 뛰어난 퇴마사이고 풍수학자입니다. 그에게는 아끼던 제자가 있었습니다. 카오루라고 합니다. '좋은 향기'라는 뜻이죠. 그런데 그가 희주를 사랑했습니다. 둘 사이에서는 아이가 태어났고요. 그런데 대심령사 유키무라가 그녀의 아이를 원했습니다. 유키무라는 카오루에게 그녀의 아이를 빼앗아 오라고 했습니다. 그래서 희주는 조선으로 달아났습니다. 그때 유키무라는 섬뜩한 경고를 했습니다. '내가 너에게 흰 그림자를 보내 끝까지 쫓으리라!' 하고 말입니다. 도대체 대심령사 유키무라가 무엇을 꿈꾸고 있었을까요? 왜 희주의 아이가 필요했을까요? 그리고 왜 시멸귀문 파와…"

무슨 말을 들은 걸까?

방금, 1층으로 내려가는 계단 중간쯤에 서서 들은 이야기였다. 채령은 어제 이후로 로사만 기다렸다. 하지만 로사는 어젯밤에도, 오늘 아침까지도 돌아오지 않았다. 희란은, "이놈의 고양이가 또 바람이 난 건가? 제 버릇 개 못 준다더니!" 하면서 로사를 찾았다. 채령은 희란에게 사실대로 말할까, 하다가 조금 더 기다려 보기로 했다. 하지만 걱정이 돼서 자주 1층을 오르내렸다. 그래도 로사는 나타나지 않았고, 그러다가 다미앵 신부의 이야기를 들었다.

처음엔 귀담아듣지 않았다. 무엇보다 다미앵 신부의 조선말은 어눌하고 느린 편이어서 오래 듣고 있으면 답답했다. 하지만 신부의 입에서 생소한 사람들의 이름과 함께 엄마의 이름이 또 나와서 귀를 기울이지 않을 수 없었다. 물론 이야기의 맥락을 추스르기 힘들었다. 다만 채령의 귀에 쏙 들어온 것은 "왜 희주의 아이까지 필요했을까요?"라는 말이었다. 그것이 자신을 지칭하는 말이었으므로. 그래서 채령은 저 혼자, '왜?'라고 되물었고, 그 대답 대신 자꾸만 쫓아오던 '차갑고 섬뜩한 것'이 떠올랐다. 온몸에 소름이 돋았다.

그러고 있을 때, 래호의 이야기도 들었다.

"… 래호는 다른 아이들과는 좀 다릅니다. 왜인지 알 수 없으나, 말을 잘하지 못합니다. 아직 글씨도 제대로 쓰지 못하긴 하지만 기억력이 뛰어납니다. 제가 입양한 뒤로 항상 저를 따라다녔습니다. 저는 기회가 된다면 그 아이가 엑소시스트가 되는 공부를 하도록 도울 참이었지요. 그래서 그 아이에게도 사제복을 입혀서…."

하필 그때, 진 화백의 친구인 염 기자가 들어오는 바람에 채령은 다시 2층으로 올라왔다.

일부러 들으려던 것은 아니었지만, 그런 말들을 듣고 나자 더 혼란스럽기만 했다.

채령은 2층 방 창가에 앉아 사방을 두리번거렸다. 어제와는 달리 따뜻한 햇살이 내리고 있었다. 지나가는 사람들을 쳐다보았고, 천변의 더 파래진 나무들을 맥없이 바라보았다. 어디선가 날아온 꽃잎 한 장이 창 앞에서 하늘거리다가 아래로 떨어졌.

'정말로 로사는 내 말을 알아들은 걸까.'

채령은 어젯밤부터 툭하면 자신에게 던진 질문을 또 반복했다. 희란의 말대로 항상 곁을 떠도는 고양이. 희란은, "이 녀석은 원래 아주 바람둥이였어. 거리의 모든 수컷 고양이의 애인이었지. 그러다가 하루는 그 고양이 무리에게 학대를 당했어. 어쩌다가 새끼까지 낳았던데 말이야. 다섯 마리의 고양이가 물어뜯었지. 새끼들은 죽고 녀석도 다 죽어 가는 걸 내가 데려왔어."라고 말했었다. 하지만 그건 그렇다 치고….

채령은 고개를 젓다가 다시 끄덕였다. 천변풍경은 정말 이상한 곳이었으니까. 그리고 정말로 알 수 없는 사람들이 모여 있었으니까. 고양이 점을 보는 희란과 그림을 그리고 소설을 쓰는 시인, 파란 눈의 서양인 신부라니! 게다가 고양이들은 어떻고?

그리고 채령은 자신에게 말했다.

'그리고 나도….'

아니, 어쩌면 자신이 제일 알 수 없는 사람이라 생각했다.

'도대체 나는 왜 여기까지 왔을까? 엄마가 내게 바라던 건 무엇이었을까. 나는 어떤 아이일까. 어제그저께, 아니 경성에 도착하던 날 밤부터 내게 일어났던 일들은 어떻게 설명해야 할까. 귀를 볼 수 있고, 그들의 이야기를 들을 수 있으며, 또한 그들과 싸울 수 있는 나는 도대체 어떤 아이란 말인가.'

그때였다. 잠깐 졸았던 것인지, 생각이 깊어서 그랬는지 정신이 몽롱해졌을 때, 무언가가 창문을 톡톡 두드렸다. 살짝 눈을 떠 보니 작은 돌멩이가 창문을 때리고 있었다. 정신을 차리고 밖을 내다보았다. 뜻밖에도 천변풍경 건너편에 단아가 서서 손을 휘저어 대고 있었다. 그 옆에는 맹코가 로사를 안고 서 있었다.

채령은 벌떡 일어났다. 그리고 재빨리 방문을 열고 아래층으로 내려갔다. 막 계단 끝까지 내려갔을 때 다미앵 신부의 목소리가 들려왔다. 그냥 지나치려 했는데 하필 그때 채령이란 이름이 귓속을 파고들었다.

"… 그래서 묵주를 채령에게 주었습니다. 내 직감입니다. 그 아이의 눈은 희주의 눈을 닮았습니다. 나보다 더 큰 능력을 가지고 있는지도 모릅…."

그 순간, 진 화백이 채령을 보더니 헛기침을 했다. 모여 있던 셋은 일시에 입을 닫고 딴청을 했다. 희란이 물었다.

"어디 가려고?"

"바람 쐬려고…."

"그래, 너무 멀리 가진 말고. 무슨 일 있으면 이모한테 꼭 이야기하고."

오늘따라 희란은 나긋나긋했다. 뭔가 안쓰럽다는 표정이었다. 왜인지 알 수 없어서 채령은 그저 고개만 끄덕였다. 재빠르게 진 화백과 다미앵 신부, 그리고 어느새 합류한 기자 아저씨를 한 번씩 쳐다보았다. 모두 이야기를 하다가 급히 끊은 느낌이 들었다. 채령은 애써 외면하고 조심스레 밖으로 나갔다. 길을 건너고 조금 더 걸어가 청계천 아래로 내려갔다.

"어떻게 된 거야?"

"아침에 발견했어. 저 위쪽에 쓰러져 있었대. 지금은 괜찮은 것 같아. 물도 주고 밥도 줬어."

채령의 물음에 맹코가 로사를 땅에 내려놓으며 말했다. 채령은 얼른 주저앉아 로사를 살폈다. 오른쪽 앞발에 피가 흐른 흔적이 보였다. 다른 데는 괜찮은 것 같았다. 녀석은 채령이 쓰다듬자 냐옹, 울더니 눈을 맞추었다. 한참을 그렇게 쳐다보았다.

채령은 조금 더 시간이 지난 다음 로사를 안고 일어났다. 그리고 천변풍경 쪽으로 걸었다. 그런데 채 열댓 걸음도 걷지 않는데 로사가 품에서 뛰어내렸다. 그리고 천변풍경이 아닌 개천 윗길로 올라갔다.

"로사!"

채령은 깜짝 놀라 소리치며 뒤를 따랐다. 로사는 천변풍경에서 점점 더 멀어졌다. 마치 따라오라는 듯, 자주 뒤를 돌아보았다. 녀석처럼 채령은 천변풍경 쪽을 여러 번 돌아보았다. 로사를 데리고 돌아가야 하는 게 아닐까, 싶어서였다. 희란도 계속 로사를 찾았고 궁금해할 테니까.

하지만 그런 채령의 마음을 아는지 모르는지, 로사는 자꾸만 앞으로 달려갔다.

"어딜 또 가는 거야? 응?"

"혹시 래호 찾으러 가는 거야?"

어제 그랬듯이 맹코와 단아가 옆으로 바짝 따라와 물었다.

"로사가 무언가를 찾은 거 같아."

확신할 수 없었지만, 그렇게 믿고 싶었다. 로사는 정말로 영특한 고양이니까. 그런 생각을 하는 중에 로사는 어느새 천변을 벗어나 판잣집 사이를 달렸다. 좁고 지저분한 골목을 지나 갑자기 나타난 큰길로 뛰었다.

저 멀리 동대문이 보일 때쯤 고타니 병원도 지났다. 넓은 길이 조금 좁아졌고 양쪽에 때늦은 철쭉이 핀 길이 나타났다. 그즈음부터 다니는 사람이 줄어들었다. 그리고 그 길 끝, 살짝 비탈진 언덕 위에 붉은 벽돌집이 눈에 들어왔다. 로사는 그 앞에서 멈추었다.

"나 여기 알아!"

맹코가 툭 던지듯 말했다. 채령은 숨을 몰아쉬며 맹코를 쳐다보았다. 단아가 그 옆에서 빨갛게 얼굴이 달아오른 채 헐떡거렸다.

"타카히로 백작님이 사시는 집이랬어. 형들한테 들었어."

"백작님은 무슨! 왜놈 앞잡이랬는데! 나라 팔아먹은 놈이랬다고! 원래 이름도 송양호야. 창씨개명 했다고. 몰라?"

맹코의 말에 단아가 짜증을 내듯 말했다. 무슨 말을 하는 건지 채령은 알 수 없었지만, 왜 하필 이곳인지 의아했다.

조금 더 다가가 집을 살폈다. 집이라기보다는 마치 커다란 성을 마주한 느낌이었다. 새까만 철문 앞에는 호랑이의 얼굴과 흡사한 모양의 누런 장식이 붙어 있었는데, 송곳니가 도드라져 보였다. 이렇게 큰 집은 처음이었다.

채령은 잠시 망설였다. 문을 열어 달라고 소리를 칠 수도 없고, 담장은 어른 키의 두 배는 충분히 될 만큼 까마득히 높았다. 그래서 가만히 앉아 있는 로사를 내려다보았다. 로사는 눈이 마주치자 마치 채령의 마음을 읽기라도 한 듯 움직였다.

로사는 냐옹, 울더니 왼쪽 담장을 따라 총총거리며 뛰어갔다. 채령은 반사적으로 다시 녀석의 뒤를 따랐다.

로사는 꽤 한참을 담장 옆으로 걷다가 집 뒤편에 이르러 멈추었다. 그곳에 작은 문이 보였다. 뜻밖에도 문은 서너 뼘쯤 열려 있었고, 로사는 제집에 온 것인 양 안으로 들어갔다. 채령은 조심스레 문턱을 넘었다.

눈앞에는 앞쪽으로 살짝 비탈진 정원의 모습이 펼쳐졌다. 이름을 알 수 없는 봄꽃이 군데군데 피어 있었고, 잘 다듬어진 길이 나 있었다. 주변에 심어진 소나무는 일부러 가져다 놓은 듯 대부분은 휘어져 자란 것이었다. 그리고 중간중간 용도를 알 수 없는 석상들도 보였다. 동물의 얼굴을 한 것도 있었고, 단정한 선비의 모습을 조각한 석상도 보였다. 뜻밖에도 왜군 장수의 모습을 한 나무 조각상도 몇 개 눈에 들어왔다. 새파란 이파리로 울창한 담장 아래 벚나무에는 서낭당 느티나무에서 본 것과 같은 붉고 푸르고 노란 천들이 위에서 아래로, 여러 겹으로 늘어져 있었다.

그런데 왜일까. 채령은 몇 걸음 내딛고 우뚝 멈추었다. 사방은 온통 꽃과 나무들뿐인데, 더하여 하늘은 푸르고 햇볕은 유난히 따사로운데, 난데없이 무릎 아래에 한기가 돌았다. 이를테면 마치 한겨울에 무릎까지 차오르는 냇물을 건너는 기분이랄까. 그 바람에 발이 시렸다. 겨우 발을 떼었지만, 집 안으로 들어갈수록 시냇물이 점점 더 깊어지는 느낌이 들었다.

희게 핀 조팝나무꽃 무리를 지나자 아래쪽에 정자가 보였고 옆으로 작은 연못이 드러났다. 그 너머로 붉은 벽돌로 지은 3층짜리 건물 뒤편이 보였다. 그쯤 채령은 로사가 보이지 않는다는 것을 깨달았다. 앞서가던 로사가 풀숲으로 들어가는 것 같더니 다시는 나타나지 않았다. 찾아볼까, 두어 번 사방을 두리번거렸지만 그만두었다. 연못 쪽에서 인기척이 나더니 사람의 모습이 보였던 것이다. 채령은 얼른 새파란 잎이 촘촘한 개나리 울타리 뒤에 숨었다. 단아와 맹코가 옆으로 털썩 주저앉았다.

그런데 잠깐의 시간이 지나자마자 맹코가 낮은 소리로 말했다.
"래호다!"
"그, 그런데 그 옆에는 누구야?"
채령은 찬찬히 내려다보았다. 무릎까지 내려오는 까만색 옷을 입은 남자아이와 고보생의 교복 같은 흰옷을 이은 아이가 나란히 연못 건너편에서 나와 정자 쪽으로 올라가고 있었다. 두 아이가 손을 잡고 있었는데, 왠지 그 모습이 몹시 낯설었다.

단아가 참지 못하고 벌떡 일어났다. 그리고 성큼성큼 정자 쪽으로 걸어 내려갔다.
"래호!"
"응? 다나? 맹고오?"
단아가 부르자 래호가 밝게 웃었다. 단아와 맹코의 이름을 부르는 것 같았다. 래호의 말이 어설펐다. 진 화백의 그림에서 보았던 것보다 눈이 더 크고 맑았다. 이마 위의 상처도 또렷하게 보였다.

그런데 이상했다. 래호는 납치된 게 아니었나? 그런 아이처럼 보이지 않고 내내 미소가 감돌았다. 소풍이라도 나온 표정이었다.

"어떻게 된 거야? 너 찾았어."

"짝발 형은 어딨어? 짝발 형이 너 끌고 온 거 맞지? 빨리 도망가야 돼."

단아와 맹코가 번갈아 말했다. 맹코는 아예 래호의 팔을 잡아당겼다. 그러자 래호는 고개를 갸웃거리다가 끄덕이기를 반복하면서 손을 뿌리쳤다.

"아아, 아이야. 아니야. 친구야, 친구."

왜인지 래호는 한사코 맹코가 가자고 보채는 걸 마다하고 있는 듯했다.

"왜 그래? 너 납치된 거야. 얼른 가야 해."

그래도 래호는 꼼짝하지 않았다. 아니, 얼핏 보기에는 래호가 단아의 말을 알아듣지 못하는 것 같았다. 그때 래호 옆에 있던 남자아이가 연신 이쪽저쪽을 두리번거리다가 말했다.

"누구야? 친구들이야? 래호가 불렀어?"

그 아이는 일본 아이처럼 머리칼을 짧게 자르고 옆 가르마를 탔는데, 얼굴색이 래호만큼이나 희고 깔끔했다. 거리에서 마주치기 힘들 만큼 귀티가 났다. 늘 단아와 같은 아이들을 더 많이 마주쳐서 그런지 익숙하지 않았다. 그 아이가 조선말을 쓰는 게 당연한 일일 텐데도 그마저도 왠지 낯설었다.

그런데 또 한 가지 이상한 게 있었다. 그 아이의 유독 새까만 눈동자에 초점이 없었다. 분명 소리가 나는 쪽으로 고개를 돌리곤 했는데, 얼굴이 아니라 그 너머를 바라보는 듯한 느낌이었다. 그리고 잠시 후 그 아이가 왜 그러는지 이해가 됐다.

"소타야. 친구! 다나랑 맹고랑…."

이름을 하나씩 부르던 래호가 채령을 쳐다보고는 머뭇거렸다.

"채령!"

채령은 자신도 모르게 힘주어 말했다. 그런데 그때, 소타라는 아이가 바로 옆에 있는 래호를 더듬거렸다. 소타는 앞을 보지 못했다. 그 바람에 채령은 적잖이 당혹스러웠다.

"우린 모두 친구! 할렐루야!"

"이럴 때가 아니야! 도망가야 한다고. 짝발 형이 너를 팔아먹으려 해. 어서 가!"

단아가 막무가내로 래호를 끌어당겼다. 그제야 래호는 조금 당황하는 듯했고, 소타는 연신 고개를 이리저리 돌리며 불안해했다. 그러더니 래호의 한쪽 팔을 꽉 잡고 놓지 않았다.

채령은 어찌해야 좋을지 몰라 가만히 보고만 있었다. 도대체 지금 무슨 일이 벌어지고 있는 것일까. 납치당한 게 분명해서 구출해 주려는데, 가지 않겠다고?

그때 단아가 손짓발짓을 섞어 한 번 더 말했다.

"래호야! 너 저기로 도망치지 않으면, 손 묶여서 끌려갈 수 있어. 노비처럼 맨날 땅만 팔지도 몰라. 모르겠어?"

그리고 옆에서는 맹코가 래호를 잡아끌었다. 그래도 래호는 애써 맹코의 팔을 뿌리치면서 조선말을 했다가, 서양 말을 했다가 정신없이 무어라 떠들어 댔다.

하는 수 없이 채령이 나서서 단추를 내밀었다.

"이거, 네 것이지? 네가 흘렸지?"

"내 단추야. 내가 버렸어. 길을 잃을까 봐…. 지금은 괜찮아."

채령의 물음에 래호는 연신 고개를 끄덕이면서 말했다. 그래서 채령은 더더욱 고개를 갸웃거릴 수밖에 없었다.

그런데 그때였다. 갑자기 맹코가 단아와 채령을 동시에 흔들었다.

"짜, 짝발이야. 저, 저기…. 뽀글이 아저씨다!"

맹코가 소리는 낮추었지만, 몹시 다급한 목소리로 말했다. 그가 손끝으로 가리킨 쪽에 짝발의 모습이 보였다. 커다란 벽돌 건물에서 나온 짝발은 모자를 쓴 바짝 마른 남자와 이쪽으로 걸어오고 있었다. 둘이 무슨 심각한 이야기를 나누는 듯한 모습이었다.

"숨어!"

단아가 낮은 소리로 외치며 래호와 소타를 동시에 끌어당겼다. 버티는 듯하던 래호는 다급한 단아의 표정을 보더니 이끌려 갔다. 채령은 따라 일어났다. 곧 단아가 정자 뒤편으로 가더니 두리번거리고는, 말했다.

"여기!"

단아는 정자 아래 쪽를 가리켰다. 정자의 대들보와 그 아래쪽 구덩이 사이의 틈이 보였다. 단아가 먼저 그 안으로 들어갔고 래호와 소타가 뒤따랐다. 채령은 맨 나중에 들어갔다. 그 직전에 얼핏 보니 짝발과 남자가 이편으로 올라오는 것이 눈에 띄었다.

잠시 후, 지나칠 줄 알았던 짝발과 남자가 정자 위에 올라앉는 소리가 들렸다. 위쪽 마루에서 먼지가 후드득 떨어져 내렸다. 모두 숨을 죽였다. 제 입을 손으로 틀어막고 움직임도 멈추었다.

위쪽에서 두런거리는 소리가 들려왔다.

"짝발이 니가 아주 큰일 안 했나? 백작님이 한몫 챙겨 주신다니까, 좀 기다리믄 좋은 소식 있을 기다."

어느 지역인지 알 수 없는 중년 남자의 사투리가 위에서 들려왔다. 남자 목소리치고는 가늘고 톤이 높았다. 채령은 숨을 죽인 채 가만히 듣기만 했다. 단아와 맹코는 눈을 껌뻑이면서 천장을 쳐다보았다. 래호는 고개를 갸웃거렸고, 소타는 여전히 불안한 표정으로 사방을 두리번거렸다.

남자의 목소리가 또 들렸다.

"어째 말이 없노? 니, 또 딴생각하나?"

"그게 아니라…. 아이의 눈을…. 설마 그런 건 아니겠죠?"

"하, 이놈 자슥이 또 실없는 소리 하네. 그 아가 걱정되나? 가만 보면 니는 가끔 이상타. 은제는 눈에 독기가 가득하고, 또 가끔은 지금처럼 철없는 도련님맹키로 허튼소리나 하고. 니, 크려면 아직

멀었다."

"제가요?"

"허! 이 녀석 또 모른 척하네. 아무튼 마음 단단히 먹어라. 니 동생도 돈이 없어 죽었다고 안 했나? 지금 조선 땅엔 돈밖에 없는 기야. 알았니?"

"네. 알겠어요."

두 사람의 말을 들으면서 채령은 좀 이상했다. 짝발의 목소리가 엊그제 마주쳤을 때의 목소리와 달랐다. 쇳소리는 온데간데없고 보통 사람의 목소리처럼 평범하기만 했다. 무언가 알 듯 모를 듯 몇 가지 생각이 스쳤다. 지금은 악령이 짝발의 몸에서 빠져나가기라도 한 것일까. 한 몸에 들었더라도 항상 악령이 그의 몸을 차지하고 있는 것은 아니며, 들고 나기를 반복한다는 말을 언젠가 엄마에게 들은 것도 같았다.

그때 뽀글이 아저씨가 잊은 듯 다시 말을 꺼냈다.

"그리고 말이다. 그 아이를 데려가서, 백작님이 뭘 우짜든 우리는 알 바 아니다. 우린 그저 돈만 받으면 되는 거야. 괜히 물러 터진 소리 하지 말고."

"…"

"아, 그리고 한 열두세 살쯤 되는 똑똑한 남자애 좀 찾아봐."

"그건 왜요?"

"남양주에서 제재소를 하는 양반이 있는데, 사내애는 없고 딸만 다섯이라더라. 양자를 들일 모양이야. 똑똑해야 돼. 힘도 좀 쓸 줄 알고."

"…."

"있어? 내 말 들은 기야?"

"이, 있어요. 단아라고."

"잘 구슬려 놔. 백작님 일 마무리되면 바로 연락 넣을 테니까."

순간, 단아가 눈을 더 크게 떴고, 옆에 있던 맹코까지 놀라서 단아의 팔을 꽉 붙잡았다. 소리를 지르려는 걸 서로 입을 틀어막으며 참았다.

곧 위에서 부스럭거리는 소리가 들렸다.

"자, 별채로 가 보자. 곧 백작님이 돌아오신다니까 말이야. 그나저나 이번 일로 500원은 주시겠지. 흐흐흐."

"순사가 1년치 봉급을 다 모아도 그보다는 안 될 텐데요…."

"그나저나 백작님은 마당에다가 뭔 비석을 잔뜩 세워 놓고 나무도 하나같이 을씨년스럽단 말이지."

"일하는 분한테 들었는데, 일본에서 온 무당이 이리 만들어 놓은 거라는데요?"

"그래? 그럼, 일본 귀신을 옮겨다 놓은 거야? 여하튼 백작님은 태어나기만 조선에서 태어났지, 뼛속까지 왜놈일세. 그러니까 출세했지. 이젠 하다못해 귀신도 왜놈 귀신이 설치는 게야? 참나!"

그러더니 둘은 자리를 털고 일어나 움직였다. 정자에서 내려오더니 왼편, 막 지고 있는 철쭉 길로 걸어갔다. 채령은 조금 더 시간을 보낸 뒤에 정자 밑에서 기어 나왔다. 그리고 사방을 돌아보았다. 어느새 짝발과 남자는 보이지 않았다.

"이제 갔나 봐. 그런데 아까 짝발 형이 단아 형 이름을 불렀잖아."

"알아. 난 안 가. 걱정하지 마."

맹코와 단아가 조금 전 짝발이 했던 말을 되뇌었고, 래호와 소타는 두리번거리기만 했다. 그런 모습을 보면서 채령은 길게 한숨을 내쉬었다.

그런데 그때였다. 철쭉 길에서 인기척이 느껴졌다. 아니, 그러는가 싶더니, 높게 자란 철쭉나무 뒤에서 짝발이 나타났다. 채령은 순간적으로 뒷걸음질 쳤다. 얼결에 정자 기둥 뒤로 몸을 숨기려 했지만 이미 늦은 뒤였다. 짝발이 이쪽을 향해 아주 매서운 속도로 달려오기 시작했다.

네 자리로 돌아가

"캬캬캬! 앙큼한 것, 숨어서 나를 노렸던 게야? 여기까지는 어떻게 쫓아왔지?"

거친 쇳소리가 났다. 악령이 다시 짝발의 몸에 들어간 모양이었다. 얼굴은 일그러져 있었고, 붉은빛이 돌았다. 머리칼이 쭈뼛 솟아 있는 것이 흉한 도깨비 모습이었다. 짝발은 마치 짐승이 앞발을 들어 올려 먹잇감을 잡을 때처럼 양손을 앞으로 내밀며 달려왔다.

"짝발 형!"

단아가 소리치며 앞으로 나아갔다. 채령은 얼결에 재빨리 단아를 막아서고, 깜짝 놀라 어쩔 줄 모르는 맹코를 뒤로 밀어 냈다.

"지금은 짝발 형이 아니야. 쟤들을 데리고 달아나, 어서!"

그리고 채령은 짝발 쪽으로 몇 걸음 나아갔다. 무서웠지만 그러는 수밖에 없었다. 이럴 때 로사라도 있었으면, 하는 생각이 스쳤지만 녀석은 여전히 보이지 않았다.
"네가 간이 부었구나. 하찮은 재주로 나를 이겨 보겠다고?"
 짝발은 이전처럼 양손을 높이 들었다가 채령의 어깨를 향해 내리쳤다. 그러나 채령은 옆으로 비키면서 짝발의 옆구리를 힘껏 밀쳤다. 그러자 짝발이 헉, 소리를 내면서 옆으로 고꾸라졌다. 하지만 짝발은 일어나 다시 달려들었다. 두 팔을 높이 들었다가 할퀴듯 채령을 잡으려 했다. 채령은 재빨리 몸을 피했다. 짝발은 더 화가 났는지 괴성을 질러 댔다.
"캬하하학!"
 채령은 계속해서 피하고 도망다녔다. 하지만 시간을 오래 끌지는 못했다. 더 거칠어진 짝발은 마침내 채령의 어깨를 한 손으로 움켜쥐었고, 이전처럼 온갖 힘을 다해 손아귀에 힘을 주었다. 어깨가 부서질 듯 아팠다. 어깨를 붙잡은 손을 풀어내려 했지만 그 힘을 이길 수가 없었다.
 안 되겠다, 싶어서 채령은 짝발의 가슴팍을 노렸지만, 또 다른 손이 채령의 손목을 붙잡았다.
"아아악!"
 채령은 자신도 모르게 비명을 질렀다. 어떻게든 몸을 빼내려 했지만 짝발은 물러나지 않았다. 온몸이 뜨거워질 만큼 힘을 다했지만, 짝발 역시 눈알이 빨개진 채 채령의 몸을 짓눌러 댔다.

곧 짝발의 손이 닿아 있는 어깨부터 냉기가 감돌았다. 아니, 마치 차가운 물줄기가 어깨를 찌르고 뼛속까지 파고드는 기분이었다.

어깨부터 목, 그리고 심장이 조금씩 얼어붙는 느낌이 들었고 서서히 기운이 빠졌다.

"아아!"

채령은 자신도 모르게 비명을 질렀지만 소리마저 크지 않았다. 고개를 들어 짝발을 쳐다보았는데 눈은 붉게 이글거리고 입에서는 침이 흘러내리고 있었다. 괴수의 모습이었다. 어떻게 하지, 하는 생각이 들 뿐 채령은 더 이상 어쩌지 못하고 짝발의 팔을 붙잡았던 손을 떨어뜨렸다.

그런데 바로 그때, 짝발 뒤편에서 누군가의 모습이 보였다. 래호였다. 뜻밖에도 래호가 이쪽으로 다가오고 있었다.

"안 돼, 래호! 오면 안 돼!"

이신귀가 래호에게 무슨 해코지를 할지 알 수 없었다. 그래서 소리쳤지만, 목소리가 제대로 나오지 않았다. 래호는 무슨 생각에서인지 자꾸만 다가왔다. 그리고 다음 순간, 갑자기 짝발이 몸을 꿈틀거렸다. 아니, 그러는가, 싶더니 무언가에 놀란 듯 뒤로 대뜸 물러났다. 그러고는 괴로운 듯 비명을 질렀다.

"크허허헉!"

채령은 재빨리 짝발의 손아귀에서 빠져나왔다. 그리고 래호를 돌아보았다. 래호가 갈색의 작은 병을 열어 짝발에게 물을 흩뿌리고 있었다.

"성수!"

무슨 말인지 알 수 없었지만, 짝발은 마치 온몸에 불똥이라도 튄 듯 양팔을 휘저어 대며 온몸을 털었다. 그러느라 놈은 서너 걸음 저편으로 물러났다. 그러다 발을 헛딛고 철쭉나무 길 아래쪽으로 굴렀다. 알 수 없는 일이었다. 채령은 짝발이 쓰러진 쪽과 래호를 번갈아 쳐다보았다.

"괜찮아? 안 다쳤어?"

단아가 달려와 채령의 몸 여기저기를 살폈다. 이곳저곳이 욱신거렸지만 다행스럽게도 한기가 사라지고 있었다.

그때 문득 생각난 게 있었다. 채령은 주머니에서 묵주를 꺼내 래호에게 내밀었다. 그러자 래호가 환한 표정을 지으며 묵주를 받았다. 그 모습을 보면서 채령은 어찌 된 일이냐고 묻고 싶었지만, 알아들을지 알 수 없어서 입을 열지는 못했다.

아니, 그럴 틈이 없었다. 문득 맹코가 소리쳤다.

"저기 봐!"

맹코가 가리킨 곳은 철쭉나무 뒤편이었다. 짝발이 다시 일어나고 있었다. 그리고 혼자 소리를 지르며 사방을 향해 팔을 휘두르고 있었다. 마치 무슨 기운을 끌어모으기라도 하는 것처럼. 아니 정말로 그랬다. 정원의 석상과 나무 조각상이 온갖 기괴한 모습으로 떨었다. 천 조각이 걸린 나무들도 이파리를 흩날렸다. 마치

제 기운을 짝발에게 불어넣어 주듯이. 석상 주위에 회오리가 일었고, 나무들은 더 몸을 흔들며 이파리를 흩날렸다.

'위험해!'

문득 그런 생각이 스치면서 정원에 들어서면서부터 느꼈던 그 차가운 기운이 아까보다 더 심해졌다는 걸 깨달았다. 채령은 얼결에 소리쳤다.

"달아나야 해! 어서!"

그리고 아이들을 뒷문 쪽으로 내몰았다. 단아와 맹코가 얼른 그리로 뛰었다. 그러나 래호는 멈추었다. 소타의 손을 붙잡고 고개를 저었다.

"래호! 가야 해!"

채령이 재촉했다. 그러나 소리를 높일수록 래호는 더 강하게 고개를 저었다. 그리고 소타를 쳐다보았다. 소타는 여전히 불안한 표정으로 온몸을 떨고 있었다. 결국 래호는 소타의 손을 잡고 아까 자기가 왔던 곳으로 내달리기 시작했다.

아!

채령은 잠시 어떻게 해야 할지 몰라 머뭇거렸다. 그런 채령의 마음을 알아차리기라도 한 듯 단아가 소리쳤다.

"빨리 와! 여기에 있다는 걸 알았잖아. 점술사 님이랑 다시 와!"

그 말에 채령은 단아를 향해 뛰었다. 그러나 이상했다. 다시금 발목, 아니 무릎까지 전해지는 차가운 느낌 때문에 발걸음을 떼기가 쉽지 않았다. 주변을 돌아보았다. 석상과 나무들이 뿜어내는 기운이 발목을 붙들고 있었다.

"하아!"

채령은 깊은숨을 내쉬었다. 늪을 건너는 기분으로 온 힘을 다해 뒷문 쪽으로 걸었다. 한 발씩 힘겹게 떼어 내야 했다.

"어서 뛰어!"

채령은 가까스로 문을 넘었다. 그러자마자 발목을 잡던 그 차가운 무엇인가가 사라졌고 발걸음이 가벼워졌다. 하지만 짝발이 바로 뒷덜미까지 다가와 있었다. 채령은 아이들을 먼저 보내고 다가오는 짝발과 마주 섰다.

"가만두지 않을 거야! 큭큭큭!"

이번에도 짝발은 기괴한 표정으로 섬뜩한 웃음소리를 냈다. 그의 얼굴은 더 이상 사람의 얼굴이 아니었다. 그래서 맞설 용기가 나지 않았다. 채령은 뒷걸음질 쳤다. 그러자 더 기세가 살았는지 짝발이 몸을 날려 덮쳐 왔다.

"으아악!"

채령은 짝발을 피해 몸을 옆으로 돌렸다. 하지만 중심을 잡지 못해 길옆으로 쓰러지고 말았다. 그 바람에 몸이 가파른 비탈 아래로 굴렀다. 온몸을 버둥거렸지만 몸이 멈추지 않았다. 그러다가 마침내 아름드리 참나무에 부딪혔다.

"아아아!"

채령은 자신도 모르게 소리를 냈고 눈앞이 캄캄해지는 기분이 들었다. 어금니를 물고 나서야 겨우 몸을 일으켰다. 사방을 돌아보았는데 울창한 숲 주위에는 아무것도 보이지 않았다. 단아의 모습도, 짝발의 모습도.

잠시 후 숲 저편에서 나뭇가지가 뚜두둑 꺾어지는 소리가 연이어 나더니 어느새 짝발이 다시 뛰어왔다. 그 모습이 마치 사나운 한 마리의 짐승 같았다.

하아!

채령은 자신도 모르게 한숨을 내쉬고 말았다. 이제 더는 놈과 맞설 자신이 없었다. 채령은 뒤돌아 뛰었다. 아니, 몇 걸음 달리기도 전에 비탈에서 다시 넘어졌고 또 굴렀다. 그리고 나무뿌리에, 바위에 몇 번 부딪치다가 결국 실개천에 처박혔다.

"으허헉!"

이번에는 아예 몸 이곳저곳이 부서진 느낌마저 들었다. 그냥 널브러져 있고 싶은 생각마저 들었지만 그럴 수 없었다. 보란 듯이 짝발이 저만치 앞에 서 있었다. 채령은 겨우 몸을 추스르고 일어났다. 이젠 정말 죽었구나, 싶었다.

그러나 왜일까. 짝발은 그 앞에 서 있을 뿐 더는 다가오지 못했다. 아니, 머뭇거리고 고개를 갸웃거리기까지 했다. 무슨 일일까, 싶어서 채령도 혼란스러웠다. 바로 그 순간, 누군가가 뒤에서 채령의 어깨를 손으로 짚었다.

헉!

깜짝 놀라 돌아보니, 희란이었다. 그리고 옆에는 다미앵 신부가 서 있었다. 더하여 그와 똑같은 옷을 입은 또 다른 신부 한 사람이 그 옆에 서 있었다. 머리가 희끗희끗했다. 그뿐만 아니라 뒤편 한쪽에는 로사와 고양이 두 마리, 그 뒤로는 단아와 맹코가 멀리서 지켜보고 있었다.

"이모!"

"이제 괜찮아. 아무 일 없을 거야. 로사가 안내했어. 급히 택시를 탔지. 그런데 왜 하필 여기람?"

희란은 묻지도 않은 말을 하며 채령의 어깨를 토닥였다. 채령은 자신도 모르게 고개를 끄덕였다.

"그래. 저 아이의 몸속에는 어떤 이신귀가 들어가 있니? 말을 나누어 보았니?"

"만석꾼 지주가 소작농이었던 이신귀의 집에 불을 질러 엄마가 죽고 본인도 죽었어요. 10년 넘도록 잡귀로 떠돌았고요."

"악령의 기운이 세었겠구나. 잘 버텼다."

그리고 희란은 짝발을 쳐다보면서 주먹을 쥐었다. 그러더니 잠시 후, 어깨에 멘 작은 가방에서 무언가를 꺼냈다. 대나무 통이었는데, 그 안에 가늘고 긴 은빛의 표창이 수도 없이 들어 있었다. 희란은 그것을 빼 들더니 짝발 쪽을 향해 던졌다. 표창은 짝발을 중심으로 넓게 원을 그리며 날아가 땅에 꽂혔다.

"이건 네 엄마가 가지고 있던 거야. 우선 결계를 치는 거야. 놈이 도망가지 못하도록! 네 엄마라면 이런 거 없어도 저런 녀석쯤은 간단히 처리할 텐데 말이야."

희란이 또 묻지도 않은 말을 했다. 옆에서는 다미앵 신부와, 그와 함께 온 또 다른 양인 신부가 커다란 가방을 내려놓더니 얼른 열어 그 안에 들어 있던 커다란 십자가와 래호가 들고 있던 것과 같은 조그만 병 여러 개를 꺼내 들었다. 얼핏 보니 가방 안에는 칼과 작은 도끼와 망치까지 들어 있었다. 신부들은 우선 십자가를 앞으로 내세우면서 무슨 알 수 없는 주문을 외기 시작했다.

기다렸다는 듯 짝발이 마주 달려오기 시작했다. 아니, 그러는가 싶었는데 아까 채령이 그랬던 것처럼 예닐곱 걸음 달려오다가 누군가에 붙잡힌 듯 멈칫거렸다. 마치 무언가가 발목을 붙잡은 듯 그 자리에 멈추어 서서 양쪽 발을 땅에서 떼어 내느라 애를 썼다.

"채령아, 지금이야!"

문득 희란이 말했다. 그러더니 가방에서 무언가를 꺼내 채령에게 내밀었는데, 그것은 다름 아닌 쪽빛의 비단 주머니였다. 그 안에 엄마의 비녀가 들어 있었다.

"…?"

"네가 해야 해! 이것의 이름이 무엇지 아니? 네 엄마는 이것을 회령도라 하더구나. 영혼을 돌아오게 하는 비녀란 뜻이지. 스님들은 금강저라고 부르기도 해."

채령은 자신도 모르게 그걸 받아 들었다. 그리고 주머니에서 엄마의 비녀, 아니 회령도를 꺼냈다. 그리고 한가운데 손잡이를 잡았다.

바로 그때, 채령은 눈을 의심했다. 손에 쥐자마자 회령도의 크기가 팔 길이만큼 커졌다. 칼날은 더 날카로워졌고, 그 반대쪽은 호랑이의 발톱처럼 뾰족한 갈고리가 마치 살아 있는 것처럼 꿈틀거렸다.

헉!

채령은 자신도 모르게 숨을 멈추었다. 하지만 그건 채령에게만 보이는 환시였다. 어찌해야 할 바를 몰라 희란을 쳐다보았다. 희란은 다 알고 있다는 듯 그저 고개만 끄덕였다. 그런데 그때, 누군가가 몸속에서 말했다.

'회령도는 그것을 부릴 줄 아는 주인이 생각하는 대로 움직일 거야.'

그러자마자 손이 먼저 움직였다. 채령은 자신도 모르게 아주 익숙한 듯 회령도를 휘둘렀다. 윙윙거리는 소리가 귓전을 스쳤고, 채령은 앞으로 빠르게 나아갔다. 그리고 짝발을 서른 보쯤 앞에 두고 칼 쪽을 앞으로 세워, 오른쪽 위에서 왼쪽 아래로 내리그었다. 그러자 사방에 우뚝 솟은 나무의 가지들이 파르르 떠는가, 싶더니 회오리가 몰아치고 짝발이 뒤로 훅 넘어갔다.

하지만 짝발은 다시 일어나 괴성을 지르며 이쪽으로 다가왔다.

"크하하하학!"

채령은 그 모습을 보면서 다시 한번 칼을, 이번에는 땅을 향해 내리쳤다. 순간 땅이 울리는 듯했다. 짝발이 허공으로 튀어 올랐다가 다시 쓰러졌다. 채령은 침을 꿀꺽 삼켰다.

짝발은 또 일어났다. 이번에는 양팔을 휘두르며 흙먼지를 일으켰다. 그때 몸속의 누군가가 다시 속삭였다.

'호랑이 발톱!'

채령은 검의 한가운데를 돌려 잡았다. 이번에는 호랑이 발톱을 앞쪽으로 내세워 있는 힘껏 내던졌다. 그러자 땅에 떨어진 나무 이파리들이 하늘로 치솟고, 마침내 호랑이 발톱이 짝발의 어깨를 물어뜯었다. 그런 다음 이쪽으로 되돌아왔다. 채령이 회령도를 다시 잡았을 때, 짝발은 그 자리에 풀썩 쓰러졌다.

아!

채령은 자신도 모르게 입을 벌렸다. 짝발은 한동안 일어나지 않았다. 쓰러진 채 꿈틀거리면서 아주 고통스러워했다. 양손으로 머리를 감싸 쥐고 온몸을 비틀었다. 그리고 어느 순간, 죽은 듯 널브러졌다. 그 주위에 검은 그림자가 맴돌았다. 짐작이 맞다면, 악령의 그림자가 틀림없었다.

아니나 다를까. 희란이 말했다.

"귀를 거두어야 해. 더 이상 다른 몸에 숨어들지 않도록!"

그러더니 희란은 품속에서 무언가 꺼냈다. 그건 뜻밖에도 묘점을 볼 때 쓰는 카드였다. 희란은 그것을 짝발의 주위를 맴도는 검은 그림자를 향해 힘껏 던졌다. 카드는 휙 소리를 내며 날아갔고, 덩어리처럼 엉겨 있는 검은 그림자의 한가운데를 관통했다.

순간, 검은 그림자가 사방으로 흩어지는가 싶더니, 폭죽 터지듯 빛을 냈다가 서서히 사그라들었다. 그리고 다음 순간, 로사가 폴짝 뛰어올랐다. 녀석은 팔랑거리면서 땅으로 떨어지고 있는 카드를 낚아채듯 재빨리 입에 물고 이편으로 걸어왔다.

희란은 카드를 거두었다. 그리고 말했다.

"화살나무를 켜서 만든 거야. 귀를 거두는 데는 그만이지."

그러고 보니 카드는 종이 쪼가리에 불과한 게 아니었다. 채령이 얼결에 손을 내밀어 카드를 만졌는데 손끝에 닿는 촉감이 과연 나무껍질을 얇게 켜서 만든 것이었다. 앞면에는 창을 든 무사의 그림이, 뒷면에는 거무튀튀한 옻칠 안으로 삼족오 문양이 은은하게 숨어 있었다.

그때 뒤편에서 보고만 있던 단아가 소리쳤다.

"짝발 형!"

단아는 맹코와 함께 짝발에게 달려갔다. 다행히도 짝발은 단아가 몇 번 흔들자 정신을 차리고 일어났다.

"이신귀가 빠져나갔으니까, 이제 저 아이는 원래대로 돌아올 거야."

아이들이 걱정되었던지 희란이 말했다. 돌아보니 다미앵 신부도 희란에게 걸어오고 있었다. 그제야 채령은 다시 작아진 회령도를 저고리 안에 꽂아 넣었다.

희란이 차분한 목소리로 물었다.

"자, 어떻게 된 일인지 말해 보렴! 저 아이들 말로는 이곳에서 래호를 발견했다고 하던데? 택시에서 막 내리는데 저 아이들이 달려오고 있더라."

"아, 맞아요. 저 저택 안에 래호가 있었어요. 낯선 조선 아이와 함께요."

"오, 래호! 리얼리? 정말이에요? 무사합니까? 가야 합니다. 서둘러야 합니다. 래호를 찾아야 합니다."

채령이 언덕 위의 빨간 벽돌 건물을 가리키며 말하자 다미앵 신부가 나섰다. 서툰 조선말을 반복하면서 재촉했다. 하지만 희란이 고개를 저었다.

"다미앵 신부님, 너무 서두르지 말아요. 일단 조금 더 자세한 이야기를 듣고 움직여도 돼요."

그러더니 희란은 채령에게 고개를 끄덕여 보였고, 채령은 조금 전까지 일어났던 일을 차분히 이야기했다. 하지만 다미앵 신부의 반응은 똑같았다.

"아닙니다. 당장 백작을 만나겠습니다. 난 그분을 압니다. 타카히로 백작님은 좋은 분입니다!"

"무슨 말씀이세요? 송양호 그자를 잘 안다고요? 어떻게 알죠? 그자는 조선 사람들에게는 악명높은 매국노예요. 금광 사업으로 돈을 벌어서 불령선인 색출을 위한 후원금을 내고, 해마다 조선 총독부 관리들에게 집과 자동차를 선물한답니다. 그런 자를 어떻게 좋은 사람이라 말씀하시는 거예요?"

희란은 갑자기 소리를 높였다. 매우 화가 난 표정이었다. 그 바람에 다미앵 신부는 움츠러드는 듯했고, 옆에 있던 다른 신부님도 어안이 벙벙한 표정을 지었다.

"그런 건 잘 모릅니다. 매국노…? 아무튼 백작님은 우리 교회에 나와 미사를 드립니다. 주일마다 옵니다. 기도 열심히 합니다. 헌금도 많습니다. 백작님도 나를 압니다. 그런데 왜 래호가 여기에 와 있는 것입니까?"

"그게 정말이에요? 그 교회에 다닌다고요?"

신부의 말에, 이번에는 희란이 깜짝 놀라 되물었다.

"백작님은 늘 부인과 함께 왔습니다. 아들도 왔습니다. 늦게 얻은 아들이라고 말했습니다. 그 아이는 래호와 비슷한 또래입니다. 우리는 미사를 드리고, 아이들은 밖에서 놀았습니다. 기억납니다. 래호와 그 아이는 친했습니다. 친구, 프렌드입니다!"

그 말을 듣고서야 채령은 집히는 게 있었다. 붙잡혀 온 게 틀림없는데도 래호가 마치 친구와 소풍이라도 온 듯한 표정이었던 것도 그렇고, 래호가 끝까지 소타를 챙기려 했던 것도 이미 친분이 있었기 때문이다. 그 모든 것이 이해되었다.

채령은 다미앵 신부를 쳐다보며 말했다.

"소타…?"

"오오, 소타! 그 아이 이름이 소타입니다. 그런데 무슨 뜻입니까? 소타?"

"일본 이름이에요. 조선 사람이면서 일본 이름으로 바꾼 거예요."

다미앵의 질문에 희란이 툭 던지듯 대답했다. 그러고 보니 더 궁금했다.

'두 아이가 서로 친숙한데, 납치? 신부님을 통해서 초대해도 될 일인데 어째서?'

다미앵 신부가 다시 나섰다.

"백작님을 만나야 합니다. 서둘러야 합니다."

"잠깐만요, 신부님! 지금 서두를 때가 아니에요. 일단 래호가 안전하다는 것은 확인했으니까, 조금만 기다려 봐요."

"왜 그래야 합니까? 백작님은 착한 분이고, 래호가 저 안에 있습니다. 가야 합니다."

똑같은 말이 반복되었다. 다미앵 신부는 희란의 말을 듣지 않았다. 마침내 다미앵 신부는 서둘러 언덕을 올라 대저택 쪽으로 향했다. 그러나 희란은 그 뒤를 바짝 따르면서 신부를 말렸다.

"다미앵 신부님, 미안한 말이지만 백작은 착한 사람이 아니에요. 그가 착한 사람이라면 래호가 여기 있다는 걸 왜 신부님께 알리지 않았을까요? 틀림없이 다른 속셈이 있는 거예요."

"…?"

"래호는 납치되어서 여기까지 온 거예요. 그러니까 오히려 서두르다가 정말 래호가 위험해질 수 있다는 뜻이에요. 백작은 우리가 맞서기 힘든 상대예요. 만약 정말로 백작이 나쁜 뜻으로 래호를 데려간 거라면, 신부님이 들이닥쳤을 때 순순히 래호를 내놓겠어요?"

"그럼, 어떻게 합니까. 희주, 어떻게 하려는 것입니까?"

다미앵 신부는 이번에도 희란이 아닌, 엄마의 이름을 불렀다. 그 바람에 채령은 잠깐 어깨를 움츠렸다. 하지만 정작 본인은 생각조차 하지 못하고 있는 듯했다.

"일단 조금만 기다려 보세요. 제가 진 화백에게 부탁해 놓았어요."

"지니 화백이 옵니까? 화백이 무엇을 하십니까? 화백이 우리를 도와줍니까?"

채령도 희란의 말이 좀 뜬금없었다. 하지만 희란은 대답하지 않았다. 어느새 저 위편에 대저택의 정문이 보였고, 희란은 아래쪽 길만 연신 살폈다. 그런 중에도 다미앵 신부는 쉬지 않고 걸어서 대저택의 정문 앞에 다다랐다.

결국 신부는 희란의 만류에도 불구하고 대문 한가운데 짐승 모양의 손잡이를 사정없이 두드려 댔다.

쾅쾅쾅! 쾅쾅!

쇠와 쇠가 부딪치는 소리가 요란하게 들렸다. 그 소리는 부근은 물론 옆편의 골짜기와 위편의 산 위까지 퍼져 나갔다. 채령은 뒤로 물러나서 잠시 지켜보았다. 옆에서 단아와 맹코가 불안한 모습으로 지켜보고 있었다.

얼마나 시간이 지났을까? 대저택의 문이 열리고 양복을 입은 젊은 집사가 나타났다.

"무슨 일이십니까?"

"백작님을 만나야 합니다. 다미앵 신부입니다. 우리 교회 미사에 나오셨습니다."

"백작님은 지금 안 계십니다. 저녁때 돌아오십니다. 그리고 미리 약속하지 않으시면 만나기 어렵습니다."

"아닙니다. 래호라는 아이가 이곳에 있습니다. 들어가야 합니다."

"무슨 말씀을 하시는 겁니까? 계속 소란을 피우시면 경찰을 부르겠습니다."

"래호만 돌려주면 돌아갑니다. 우린 안으로 들어가야 합니다."

그때 안 되겠던지 희란이 나섰다.

"잠깐이면 됩니다. 백작님께서 신부님의 조카를 보호하고 계시다고 들었습니다. 확인만 하면 돌아가겠습니다."

"그건 안 됩니다. 백작님의 허락 없이는 안 됩니다. 오잇! 경찰을 불러!"

집사는 손사래를 치며 안쪽을 향해 일본어로 소리쳤다. 그러더니 문을 닫았다.

다미앵 신부는 다시 문을 두드리기 시작했다. 다시 쇳소리가 크게 사방을 울리기 시작했다. 그런데 그때 언덕 아래에서 택시가 한 대 올라왔다. 그러더니 저택 앞에서 멈추었고, 곧 사람이 내렸다. 그중 하나가 진 화백이었다.

"오, 나의 피앙세여. 오래 기다렸소? 여기 경찰을 데려왔소. 이쪽은 종로 경찰서 와타나베 경사요. 내 친구이기도 하오. 자, 이제 무얼 하면 되오? 아이를 납치한 범인은 어디에 있는 것이오? 혹시 이 집 안에 아이가 갇혀 있소? 내 이놈들을 당장 혼내 주리다!"

진 화백은 부산스럽게 말했다. 아무리 봐도 무슨 판소리 한 대목 하는 듯한 말이었다. 어깨까지 들썩거리며 폼을 잡았다. 그는 아예 대저택 앞으로 다가섰다. 희란은 미간을 살짝 찌푸렸다. 다미앵 신부가 얼른 문 앞으로 다시 다가왔다.

"진 화백. 맞습니다. 이 안에 래호 있습니다."

그 말에 진 화백은 직접 나서서 대저택의 문을 두드렸다.

"문을 열어요. 여기 경찰이 왔소. 어서 문을 열란 말입니다. 백작을 만나야 합니다."

하지만 거기까지였다. 문이 열리기도 전에 언덕 아래쪽에서 또 다른 자동차가 두 대 올라오고 있었다. 뜻밖에도 그중 커다란 자동차에는 반듯한 제복을 입고 총을 든 순사가 넷이나 타고 있었다. 그들은 내리자마자 다미앵 신부와 희란, 그리고 진 화백을 향해 총을 겨누었다.

대저택의 비밀

거리에 남았던 불빛이 하나둘씩 사라지자 창도 어두워졌다. 밖에서 들리던 소리도 차츰 사그라들었다. 방 안에는 어둠과 고요가 남았고, 그 덕분에 낮에 겪었던 일들이 빠르게 머릿속에 차올랐다. 래호와 눈먼 아이 소타, 그리고 한 줌도 안 되는 불빛으로 소멸된 짝발 속의 이신귀….

그런데 이상했다.

'내가…?'

채령은 몇 시간 내내 자신을 향해 했던 질문을 되풀이했다. 지금도 고개를 갸웃거릴 수밖에 없었다.

'누군가 내게 말을 걸어 왔고, 그 순간 몸이 먼저 움직였다. 마치 다른 사람이 내 몸을 움직이고 있는 것처럼…. 혹시 엄마가?'

틀림없이 엄마의 목소리라는 생각이 들었다. 방법은 알 수 없어도 엄마라면 능히 그럴 수 있을 거란 확신이 들었다. 그래야 했다. 그래야만 지금 일어나고 있는 일들이 설명되니까.

그런데 그때 닫아 두지 않은 방문 너머에서 아래층의 목소리가 들려왔다. 한밤중인 데다 음악 소리마저 없어서 목소리는 꽤 또렷했다.

"백작은 틀림없이 안에 있었소. 그렇게 빨리 경시청 순사들이 도착한 걸 보면 말이오. 백작이 직접 전화하지 않는 한 일어날 수 없는 일이오."

"뒤늦게 나타난 사람들이 종로나 동대문 경찰서 형사들이 아니라 총독부 경무국장이 직접 보낸 무장 경찰이라고 하셨지요? 상급 기관 사람들이 들이닥쳤으니, 와타나베 형사가 꼬리를 내릴 수밖에 없었을 거예요."

"그래서 더 이상하다는 것이오. 백작이 그렇게까지 신부님을 피한 이유가 뭐란 말이오? 더구나 백작과 신부님은 친분이 있는 사이라 했단 말이오."

진 화백과 염 기자의 목소리였다. 다미앵 신부가 "가만히 기다릴 수는 없습니다. 나는 우리나라 공사관에 갑니다. 방법을 찾아야 합니다."라고 하더니 나가 버렸고, 그로부터 한 시간이 채 되지 않아 염 기자가 나타났다. 그러고는 내내 앉아서 이야기를 나누었다. 희란이 가끔씩 끼어들었다.

덩달아 채령도 의문이 들었다. 납치든 아니든, 왜 래호가 백작의 집까지 가게 되었는가, 하는 것이었다. 백작이 자기 집에 래호가 있다는 것을 알면서도 보내 주지 않은 것은 특별한 목적이 있기 때문이라는 생각이 머릿속에서 떠나지 않았다. 아니, 아들의 친구 같은 아이를 몰래 데려다 놓았다니 더더욱 이상하지 않은가.

생각이 그즈음 이르렀을 때, 아래쪽에서 다시 목소리가 들려왔다.

"오, 나의 피앙세! 이제 가게 문을 닫았소? 자, 이리 와서 앉으시오. 난 오늘 누구보다 그대가 걱정되었다오. 그래, 지금은 괜찮은 것이오? 내 듣기로 퇴마란 것이 가파른 산에 오를 때보다 에너지가 열 배는 더 드는 것이라 했는데…. 여전히 아름답기는 하오만?"

"시끄러워요. 소가 여물 씹다가 혀 깨무는 이야기 좀 그만하시고 어서 돌아가세요. 여기서 주무실 거예요?"

아까부터 분주했던 희란이 이제야 자리에 앉은 모양이었다. 하지만 희란은 진 화백의 말을 단칼에 잘랐다. 채령이 듣기에도 무안할 정도였다. 그러자 진 화백은 헛기침을 두어 번 하더니 곧 대꾸했다.

"아, 걱정 말아요. 당신의 그늘진 얼굴을 보고 어찌 나 혼자 편한 잠자리를 구한단 말이오. 내가 곁에서 지켜 드리리다!"

"참나, 그 빼빼 말라비틀어진 명태와 다름없는 몸으로 누굴 지킨단 말이에요?"

진 화백은 여전히 능청스러웠고, 희란은 변함없이 차갑게 맞받았다. 남들 눈엔 민망해 보일 텐데도 진 화백은 주눅 들지 않았다.

"푸하하! 당신의 그 톡 쏘는 말투는 여전히 매력적이오. 그나저나 어서 말해 보오. 당신도 그렇고 채령이도 그렇고, 어찌 그런 능력이 있는 것인지?"

그 말에 채령은 잠시 기다렸다. 하지만 희란은 곧바로 말을 꺼내지 않았고, 조금 시간이 지난 뒤에야 입을 열었다.

"언니 때문이지요. 함께 일본으로 유학 갔을 때…. 원래 나는 문학이랑 종교학을 공부했는데, 어느 날부터 언니를 따라다니다 보니까 등 너머로 조금 익힌 것뿐이에요. 타로도 그때 배웠고요. 하지만 나에겐 맞지 않았어요. 알수록 두렵기만 해서 도망치듯 조선으로 돌아왔고…. 그때 언니도 데리고 왔어야 했는데 말이에요. 그사이에 언니는 사랑하는 사람을 만났고, 아이까지 낳을 줄 몰랐죠. 앞으로 어떤 일이 일어날지…."

왠지 기운 없는 목소리였다. 그마저도 뒷말을 얼버무렸다. 희란이 엄마를 걱정하고 있기 때문이라고 채령은 생각했다.

채령은 벽에 기댄 채 눈을 감았다. 일부러 그러려던 건 아니었는데, 엄마 생각이 부풀어 오르자 아래층의 목소리는 점차 작아졌다. 엄마가 했던 말들을 차례로 떠올려 보았고, 제 입으로 소리도 내어 보았다. 그러자 한 가지 질문이 생겼다.

"엄마는 어떤 사람이에요?"

그러자 엄마가 말했다.

"궁금해하지 않아도 돼. 앞으로 네가 마주할 일이 엄마가 하려던 일이고, 해야 하는 일이고, 하고 싶었던 일이고…."

알 듯 모를 듯한 대답에 채령은 또 물었다. 이제 또 어떤 일이 생기는데요, 하고. 그러나 엄마는 대답하지 않고 어디론가 달려갔다. 소나무가 빽빽한 숲을 지나고, 뿌연 먼지가 날리는 들판을 지나고, 또 강가를 누비고…. 엄마는 누군가에게 쫓기고 있었다. 덩달아 채령도 엄마의 손을 잡고 달아났다. 그날 새벽에 그랬던 것처럼.

안 돼!

채령이 있는 힘껏 소리쳤지만 소용이 없었다. 아무리 소리쳐도 흰 가면의 남자는 끈질기게 쫓아왔다. 멀어졌다, 싶으면 바로 뒷덜미에 와서 손을 뻗었고, 숨었는데도 용케 찾아내 어깨를 짓눌렀다. 안 돼! 다시 한번 소리를 지르자 흰 가면은 대답하듯 짐승의 울부짖음 같은 소리를 냈다.

"캬르릉, 캬릉!"

그러다가 잠에서 깨어났다. 얼마나 잤는지 알 수 없었지만 창이 훤했다. 그리고 기다렸다는 듯이 아래층에서 소리가 들렸다. 쾅쾅, 문을 두드리는 소리가 들리는가, 싶었는데 뒤미처 문에 매달아 놓은 종소리와 함께 다미앵 신부의 목소리가 들렸다.

"이제 됐습니다. 우리 프랑스 공사관에서 접견권을 내주셨습니다. 백작을 만나러 갈 수 있습니다. 모두 내 말 듣고 있습니까? 총독부 파견 형사도 우리를 막지 못합니다."

채령은 자신도 모르게 일어나 앉았다.

"지금 가야 합니다. 그런데 모두 여기서 잠을 잤습니까?"

신부의 목소리가 한 번 더 들렸을 때, 채령은 자신도 모르게 일어나 아래층으로 내려갔다. 말 그대로 진 화백과 염 기자가 의자 여러 개를 붙인 채 누웠다가 막 일어나고 있었다. 희란은 잠을 잔 건지, 꼬박 밤을 새운 건지 그새 주방에서 우유와 빵을 꺼내와 한쪽 테이블에 올려놓았다.

"어제저녁 늦게 공사 대리를 만났습니다. 몇 시간 부탁했습니다. 공사 대리가 조선 총독부에 전화했습니다. 다행스럽게 새벽에 조선 총독부에서도 협조하기로 했답니다. 어서 가야 합니다."

다미앵 신부는 한 번 더 설명했고, 그러거나 말거나 세 사람은 빵을 뜯어 먹으며 옷을 추슬렀다. 우유도 몇 모금씩 마셨다.

"택시를 불러 놨습니다. 함께 가실 겁니까?"

그 말에 희란과 진 화백이 고개를 끄덕였고, 염 기자는 고개를 저었다. 그러더니 하나씩 밖으로 나갔다. 채령은 자신도 모르게 따라갔다. 문 앞에서 희란과 눈이 마주쳤는데, 희란은 잠깐 망설이는 듯했다.

"너는 그냥 집에 있는 게…."

그런데 왜일까. 다미앵 신부가 나서더니 어눌하게 말했다.

"위험한 일은 생기지 않을 것입니다. 그리고 그녀에게는 특별한 능력이 있습니다."

그러자 희란은 고개를 끄덕이더니 채령의 손을 잡았다. 그리고 다미앵 신부를 따라서 천변풍경 앞에서 기다리던 택시에 올라탔다. 진 화백은 염 기자와 무언가 한참을 이야기하더니 뒤늦게 뛰어왔다. 비로소 택시가 출발했다.

그런데 저 앞쪽에 단아가 마치 기다리고 있었다는 듯 이쪽을 바라보며 가만히 서 있었다. 채령은 얼굴을 창 앞으로 바싹 가져갔다. 그리고 단아와 눈을 맞추었다. 하지만 잠깐 사이, 택시는 단아를 스쳐 지났다.

"채령, 틀림없이 래호를 보았습니까? 정말로 아무 이상이 없었습니까?"

택시가 나지막한 내리막길을 지나고, 오밀조밀하게 몰려 있는 쌀집과 포목점 거리를 지날 즈음이었다. 앞자리에 타고 있던 다미앵 신부가 몸을 돌려 물었다. 채령은 고개를 끄덕였다.

"겁을 먹지는 않았던 것입니다? 다친 곳도? 채령은 증인이 되어야 합니다."

이번에도 고개를 끄덕였다. 그러자마자 희란이 나섰다.

"어제도 물어보셨잖아요. 별일 없을 테니, 너무 걱정하지 마세요."

"그래도 잘 모릅니다. 악령이 간섭하고 있습니다. 래호는 아직 악령과 맞서기 힘듭니다. 성수를 가지고 있긴 하지만 그것만으로는 모자랍니다."

다미앵 신부는 여전히 불안한 표정이었다.

"우리도 알고 있습니다. 하지만 백작은 신부님과 친분이 있다 했고…."

두 사람의 이야기를 들으며 채령은 자동차의 바깥을 내다보았다. 줄지어 늘어선 판잣집이, 어느새 파란 잎으로 뒤덮인 낮은 야산이 스쳐 지나가고 있었다. 채령은 일부러 그것들을 눈에서 놓지 않았다. 자꾸만 머릿속에 지난밤의 꿈이 떠올라서였다.

어느새 택시는 야트막한 언덕길을 오르기 시작했다. 그리고 앞 유리창 너머로 어제 본 대저택이 눈에 들어왔다. 그즈음에는 다미앵 신부와 희란의 대화도 멈추어 있었고, 코 고는 소리를 내던 진 화백도 깨어나 앞쪽을 쳐다보고 있었다.

택시가 멈추자 다미앵 신부가 맨 먼저 내려서 문을 두드렸다. 그러자 오래지 않아 어제처럼 집사가 나왔다. 신부는 얼른 공사관에서 받았다는 종이 한 장을 내밀었다. 그러자 집사는 집 안으로 다시 들어갔다가 돌아와 쪽문을 활짝 열었다. 다미앵 신부가 앞섰고, 진 화백이 따랐다. 희란은 채령의 손을 잡고 맨 뒤에서 조심스레 발걸음을 옮겼다.

저택 앞의 정원은 채령이 어제 본 뒤뜰과는 또 달랐다. 가지런하고 정갈했다. 꽃과 나무가 싱싱하게 물이 올라 있었으며, 그 사이사이에 평편한 돌로 길을 냈다. 꽃 한 송이라도 허투루 심은 것이 아니었으며 색과 열을 맞추었고, 시든 꽃이 하나도 없었다. 다만 뒤뜰에서 본 것처럼 알 수 없는 비석과 동상이 곳곳에 놓여 있었는데, 그것 때문인지 자꾸만 무언가가 발목을 잡는 기분이 들었다.

"여기서 기다리십시오!"

양복을 입은 집사는 집 안으로 들어서더니, 복도 끝의 커다란 갈색 문을 열어 주었다. 그리고 뒤돌아 나가 버렸다.

방은 꽤 넓었다. 들어온 문 맞은편에는 커다란 창이 나 있었다. 비록 창살이 가로세로로 촘촘하게 가로막고 있었지만, 그 너머로 색색의 꽃과 나무가 어우러져 있는 것이 보였다. 방 안의 나머지 벽에는 온통 책과 도자기, 금빛 개구리와 십자가 모양의 장식품들이 놓여 있었다. 왼쪽 벽 천장 아래에 길고 커다란 뿔의 사슴 머리 박제도 눈에 띄었다. 그리고 한쪽 구석에는 청동으로 만든 사무라이 동상이 서 있었다. 놀랍기도 했지만, 채령은 자신도 모르게 자꾸만 인상이 찌푸려졌다.

그때였다. 문이 열리고 50대 초반으로 보이는 남자가 들어섰다.

"신부님, 예까지 어쩐 일이십니까?"

남자치고는 높고 가느다란 목소리였다. 조금 전 사내처럼 양복을 입었는데, 작고 통통했다. 앞머리가 벗겨졌고 남은 머리를 빗어서 넘겼는데, 무슨 기름을 바른 것인지 반지르르했다.

"백작님, 우리 래호를 찾습니다. 실종되었습니다. 열흘 지났습니다. 어제 이 아이가 이곳에서 래호를 보았습니다."

다미앵 신부가 득달같이 달려들어 말했다. 신부의 한 손이 채령을 가리켰고, 그러자 백작이 채령을 힐끗 쳐다보았다. 채령은 신부가 자신을 데려온 이유를 비로소 깨달았다.

"오오! 그 일 때문에 오셨군요. 래호는 아주 건강합니다. 우리 소타와 잘 지내고 있어요."

백작이 미소를 지으며 말했다. 모른 척 잡아뗄 줄 알았는데 뜻밖의 대답이었다. 그 말을 듣고 다미앵 신부는 반색하면서 되물었다.

"어디에 있습니까? 내가 래호를 보고 싶어 합니다."

"그렇게 서두르실 필요 없습니다. 며칠 후에는 제가 알아서 돌려보내 드리겠습니다."

"그게 무슨 뜻의 말입니까? 이해하기 어렵습니다."

채령도 마찬가지였다. 그때 진 화백이 나섰다.

"백작님, 래호는 스스로 집을 나간 게 아닙니다. 실종되었습니다. 길을 잃고 헤매던 걸 청계천 아이들이 데려가 잠잘 곳을 마련해 주었고, 그다음엔 인신매매단이 붙잡아 이곳에 팔았습니다."

"음, 그것까지는 모르겠고…. 그래도 이곳에 있으니 얼마나 다행입니까? 그렇지 않아도 래호와 같은 아이를 찾고 있었는데 말이오. 참으로 하늘의 뜻이 아니겠소? 주님의 보살핌이 내게 닿았단 말이오. 하하하!"

더더욱 이해하기가 어려웠다. 다시 진 화백이 나섰다.

"백작님은 래호가 신부님의 조카라는 것을 알고 계셨을 텐데, 왜 바로 연락하지 않으셨습니까? 그건 납치입니다."

"맞습니다. 래호를 내주지 않는다면 당장 총독부에 알리고 경찰에 신고합니다. 공사관에도 알립니다."

진 화백의 말을 받아 다미앵 신부가 나섰다. 그런데 그 말에 백작이 크게 웃었다. 가소롭다는 표정이었다.

"푸하핫! 경찰이요? 공사관에 연락하면? 신부님은 내가 누구인지 알고 하는 말이오?"

"백작님! 이건 불법 감금입니다."

옆에서 진 화백이 다시 소리를 높였다. 그러자 백작이 그쪽을 쳐다보았다.

"아까부터 거슬렸는데, 이 마른 명태처럼 생긴 자는 누구요? 왜 자꾸 남의 일에 나서는 게요?"

뜻밖에도 희란이 했던 말이었다. 그 말에 진 화백은 얼굴이 붉어졌다. 어이없다는 듯 입을 벌리고 다물지 못했다. 그러나 아저씨가 무어라 말하기 전에 백작이 말했다.

"신부님, 내가 좋은 말로 했는데도 이렇게 나오시면 나도 어쩔 수 없습니다. 어디서 이런 팔푼이 같은 자까지 데려와서…. 휴! 그냥 조용히 처리하려고 했더니만 어쩔 수 없지."

갑작스레 백작의 얼굴이 바뀌었다. 귀찮고 짜증난다는 표정이었다. 비열하게 미소를 지었다. 순간 채령은 가슴이 철렁 내려앉았다. 하지만 어쩌면 그것이 본 모습이라는 생각도 들었다. 아니나 다를까. 백작이 재빨리 바깥을 향해 외쳤다.

"타무라!"

아까 그 집사가 달려왔다.

"이분들 오후 여섯 시까지 이곳에 모셔 두게. 그전까지 단 한 걸음도 밖으로 나가게 해서는 안 돼. 알았지? 난 곧바로 병원으로 갈 테니, 그리 알고."

"네, 염려 놓으십시오."

"아, 혹시라도 말썽 피우면…. 자네가 알아서 하게."

그러더니 백작은 오른쪽 엄지손가락을 펴서 제 목을 긋는 시늉을 해 보였다. 그리고 뒤도 돌아보지 않고 문을 열고 나갔다. 뒤따라 집사도 나갔고 문이 닫혔다.

"백작님, 백작님!"

다미앵 신부가 소리를 지르며 문을 두드려 댔다. 기를 쓰고 손잡이를 흔들었다. 하지만 문은 열리지 않았다. 진 화백까지 달려가 문을 밀어 보았지만 꼼짝도 하지 않았다.

"이봐요! 문 열어요, 문!"

희란도 나서서 소리를 질렀다. 하지만 밖에서는 아무런 목소리도 기척도 없었다. 커다란 문을 흔들고 발로 걷어찼지만 요지부

동이었다.
 진 화백은 두리번거리다가 창문 쪽으로 달려갔다. 그리고 온 힘을 다해 밀고 당겼다. 그러나 창문 역시 꼼짝도 하지 않았다. 한참 뒤에 작은 창이 하나 열렸지만 그걸로 끝이었다. 창살을 걷어 낼 방법이 없었다.
 "백작이란 자가 애초에 우리를 여기에 가두려 한 게 틀림없소."
 "내 생각도 그래요. 아까 이야기하는 투로 보아 처음부터 이럴 계획이었던 거예요."
 진 화백의 말에 희란이 고개를 끄덕이며 말했다. 뒤미처 다미앵 신부가 끼어들었다.
 "어떻게 된 겁니까? 백작은 무슨 일을 꾸미는 겁니까? 래호는 무사합니까? 여기서 나가야 합니다."
 진 화백과 희란이 아무런 대꾸를 하지 않았기 때문에 다미앵 신부의 말은 마치 혼잣말처럼 들렸다.
 잠시, 누구도 입을 열지 않았다.
 다미앵 신부는 다시 출입문을 두들겨 댔고, 진 화백은 창밖을 기웃거렸다. 희란은 방 안을 가득 메운 온갖 장식물을 하나씩 돌아보고 있었다. 채령은 그 사이에서 무얼 해야 할지 몰라 한쪽 벽에 기대어 있다가 주저앉았다.
 그런 채로 꽤 시간이 지난 뒤에 희란이 먼저 입을 열었다.
 "백작이 무슨 계략을 꾸미고 있는지 알아야 해요. 도무지 백작이 한 말이 이해가 가지 않아요."

그 말에 다미앵 신부와 진 화백이 희란에게 가까이 다가왔지만 설불리 입을 열지는 않았다. 아마 마땅히 추측되는 게 없어서가 아닐까, 싶었다. 채령도 마찬가지였다. 래호는 안전하다고 했고, 곧 돌려보낸다고 했다. 그런데 왜 여섯 시까지 가두어 놓는다는 걸까. 앞뒤의 말이 서로 맞아떨어지지 않았다. 거기에 더하여 천진난만했던 래호의 얼굴이 떠오르자 더더욱 혼란스러웠다. '납치'라는 단어와는 너무나도 어울리지 않는 모습이었으니까.

그때쯤이었다.

"백작이란 자는 정말로 뼛속 깊은 곳까지 왜놈이군요. 짐작은 했었지만 이 정도일 줄을 몰랐네요."

그 말에 창을 기웃거리던 진 화백이 다가왔다. 채령은 갑자기 무슨 말일까, 싶어서 희란을 쳐다보았다. 몹시 씁쓸한 표정이었다.

"이것 보세요. 책장을 메우고 있는 장식품들 말이에요. 기모노를 입은 여자 인형도 그렇고, 이 새빨간 복주머니도 조선 것이 아니에요. 전쟁 때 왜장들이 썼던 투구까지 있어요. 일본 도깨비도 그렇고…"

"나의 피앙세! 역시 당신의 눈썰미는 보통이 아니오. 나도 느끼고 있었소. 그것보다 더 이상한 건 장식품도 그렇고 바깥 정원에서 본 비석이나 석상 모두, 일본 사람들이 귀신을 부리거나 쫓는 데에 자주 사용한 것들이라오."

"그, 그렇군요."

희란은 진 화백의 말이 뜻밖이었는지 조금은 놀란 듯했다. 채령도 고개를 끄덕였다. 어제 뒷마당에서 본 석상들의 모습이 떠올라서였다. 그러다 보니 단아가 했던 말도 생각났다.

"왜놈들이 하다못해 이제는 일본 귀신까지 들여오는군요. 조선 사람들의 영혼까지 말려 죽일 셈인가 봅니다. 휴!"

"왜 아니겠소. 일본인들의 조선 침략은 단순히 땅을 차지하자는 것이 아니오. 역사 대대로 열등의식으로 충만한 왜인들 아니오. 그러니 놈들은 조선에서 나는 풀 한 포기라도 곱게 내버려두지 않을 것입니다."

진 화백이 어느 때보다 진지하게 희란의 말에 대꾸했다. 희란은 그 말에 잔뜩 인상을 찌푸렸다. 그러더니 문득 생각난 게 있다는 듯 진 화백에게 물었다.

"그래서 말인데, 진 화백은 내가 부탁한 건 알아보았어요?"

그러자 진 화백은 자신도 깜빡했다는 듯 윗옷 주머니를 뒤적거리더니 수첩을 꺼냈다. 이리저리 넘기다가 멈춘 다음 말했다.

"키타 하유사, 난다 류이치, 오타 카마무라. 이런 이름 들어 본 적 있소? 모두 시멸귀문 소속이었소. 이 외에도 한 사람이 더 있는데, 특이하게도 혼자서 부산항으로 들어왔더군요. 나머지는 제물포항으로 입국했는데…? 이 사람의 소재만 파악되지 않고 있어요."

이제 나가기를 포기한 걸까. 물론 나갈 방법이 없어 보이긴 했다. 소리를 질러도 누구 하나 달려오는 사람이 없었으니까. 어쩌면 그래서 평상심을 찾으려고 저런 말을 꺼낸 건 아닐까, 생각했다. 아직 정오도 지나지 않은 시간인데, 저녁 시간까지 어떻게 기다린단 말인가. 아니, 정말 여섯 시가 되면, 백작은 문을 열어 줄까. 그때까지 래호는 무사할까?

희란과 진 화백은 담담하게 이야기를 나누었고, 다미앵 신부는 갑작스럽게 문 앞에서 무릎을 꿇고 기도를 드리기 시작했다. 왠지 모르게 막막했다. 채령은 한쪽 벽 아래 주저앉아 웅크렸다. 또 무슨 일이 생기려는지 알 수 없어서 불안하기만 했다.

너의 맑은 눈이 필요해

 얼마나 시간이 지났는지 알 수 없었다. 희란과 진 화백의 대화에 갑자기 다미앵 신부가 끼어들었다.
 "나는 시멸귀문을 알고 있습니다. 일본 본토에 있는 심령학회 이름입니다. 그들이 조선에도 사람을 보냅니다. 그래서 미세스 채가 싫어합니다."
 엄마를 지칭하는 말이 틀림없는 '미세스 채'라는 말 때문에 채령은 목소리에 더욱 귀를 기울였다.
 "맞습니다. 그들이 신당리에 뿌리를 내리고 있습니다. 참, 피앙세여. 당신도 신당리에 무녀굴이 많은 건 알지 않소?"
 "조선의 유명한 무당은 다 신당리에 있다고 알려졌는데, 그걸 모르는 사람이 있으려고요. 여기서도 멀지 않아요? 기미년 만세 사건 이후에 일본 무당들이 조선으로 많이 건너왔다는 것쯤은 알고 있어요."

희란도 잘 알고 있다는 듯 고개를 끄덕였다.

"잠깐만요. 그런데 그 이야기랑 시멸귀문의 사람들과 무슨 관계가 있다는 거죠?"

희란은 진 화백이 대꾸하기 전에 얼른 물었다.

"작년 초쯤에 그 동네에서 큰 사건이 하나 있었소. 뭐, 일반 사람들에게는 알려지지 않았지만."

"뭔데요?"

"신당리 무녀굴에서 가장 용하다는 백두산 선녀라는 무당이 살던 점집에 불이 나서 홀라당 타 버리고, 연이어 한라장군 보살, 청룡 보살 집에 불이 났단 말입니다. 하필이면 불의 기운이 충만한 날이었다더군요."

"신당리 최고 서열 무녀 셋에게 차례로 액운이 닥쳤단 뜻으로 들리네요?"

"후후. 맞소. 자, 들어 보시오. 그 세 무당이 떠난 자리에 누가 들어와 앉은 줄 아시오?"

"설마…?"

"맞소. 일본에서 건너온 무당들이라 합니다."

"그들이 모두 시멸귀문 사람들이고요?"

"제 추측으로는 그렇습니다. 참 어이없는 일이지요. 피앙세, 당신의 말대로 왜놈들이 이제는 하다 하다 무당까지 들여와 조선 사람들을 현혹하고 있다오."

그즈음 가만히 듣고만 있던 다미앵 신부가 나섰다.

"시멸귀문 사람들은 음흉하고 사악합니다. 목적을 위해서 무엇이든 합니다. 세상을 더럽힙니다. 조선이 위험합니다. 희주가 그랬습니다. 일본의 나쁜 무당과 풍수가가 조선으로 건너와 악귀를 깨운다고 했습니다."

"무슨 말인지 알 것 같아요"

"왜입니까? 일본 사람들은 왜 그런 짓을 합니까? 총과 칼로 조선을 다 빼앗았습니다. 더 무엇이 필요합니까?"

고개를 끄덕이는 희란에게 다미앵 신부가 물었다. 어이없다는 표정이었다.

"신부님, 조선 사람들은 총칼에 땅을 빼앗기고 몸을 속박당한다고 해서 포기하는 사람들이 아닙니다. 만약 그랬다면 이 조그만 나라가 어떻게 수많은 침략을 당하고도 500년을 버텼겠습니까? 조선 왕조라는 단일한 왕조가 말입니다. 서양엔 그런 나라들이 얼마나 있습니까?"

"진 화백…?"

"일본 사람들도 그것을 알고 있습니다. 수십 년 식민 통치를 해도 안 되는 것이 있다는 것을 말입니다. 그래서 그들은 이제 육신을 넘어 영혼의 세계까지 지배하려는 것입니다."

진 화백의 말투는 희란에게 장난스럽게 던지던 것과 사뭇 달랐다.

"오, 지저스!"

진 화백의 말에 다미앵 신부가 두 손을 모아 쥐었다. 기도라도 드리는 듯 잠시 눈을 감았다가 떴다.

그 바람에 잠시 이야기가 끊겼고, 잠시 시간이 지난 뒤에 희란이 입을 열었다.

"어쨌든 조선의 이 혼란을 더 부추기는 게 바로 일본에서 건너온 시멸귀문의 심령술사들이에요."

"그래요, 나의 피앙세, 일본에서 건너온 풍수학자며 무당들이 조선의 정기를 끊기 위해서 산과 강의 혈맥을 끊고 다닌다더니, 그와 일맥상통하는 듯하오."

"그렇습니다. 시멸귀문은 그중 가장 악랄한 자들이지요. 흔히 풍수지리에서는 귀신이 드나드는 방향을 경계하지 않으면 큰 화를 당한다고들 합니다. 그걸 귀문이라고 하고요. 물론 귀문은 나라의 기운이 바뀔 때마다, 그리고 풍수를 하는 사람마다 조금씩 다른 방향을 가리킵니다. 그런데 시멸귀문 사람들이 한결같이 가장 사악하다고 주장하는 방향은 북서쪽입니다."

"북서쪽이면?"

"일본 편에서 보면 바로 조선 땅이 북서쪽에 있지요. 그래서 자신들의 귀신까지 보내 조선 땅을 몰락시키려는 것이에요."

"그럼, 시멸귀문이란 말은…? 결국 귀문에 있는 모든 것을 싹 쓸어 버리겠다는 뜻?"

진 화백은 자신이 말하고 혼자 고개를 절레절레 저었다. 그리고 끔찍하다는 듯 온몸을 떨었다.

"그럴 거예요. 놈들은 잠든 귀를 깨어나게 하고, 악령을 이신귀로 만들어 더더욱 조선 사람들을 혼란에 빠뜨리려는 것이에요"

채령은 고개를 끄덕이다가 또 갸웃거렸다. 알 듯도 했고, 모를 듯도 했다. 다만 도대체 지금 이런 이야기를 왜 나누고 있는지 알 수 없었다.

그런데 그때 다미앵 신부가 어눌한 목소리로 말했다.

"미세스 채가 사라진 게 그놈들 때문입니다. 아, 물론 지금은 추측일 뿐입니다. 내 생각이 그렇습니다."

그 말에 채령은 자신도 모르게 입술을 깨물었다.

시멸귀문.

왠지 한번 듣고 말 이름은 아닐 것 같은 느낌이 들었다. 무언가 크고 거대한 것이 서서히 다가오는 느낌이랄까. 마치 '차갑고 섬뜩한 것'이 따라올 때처럼. 그런 느낌이 들어서 채령은 몸을 움츠렸다.

그때였다.

바깥이 소란스러웠다. 무언가 벽과 땅에 부딪치는 소리도 들렸고, 사람들의 목소리도 들렸다. 누군가는 비명을 지르기도 했다. 그 바람에, 세 사람은 대화를 끊고 문 쪽으로 다가섰다. 채령도 얼른 일어났다.

"염 기자! 여기야, 여기!"

갑자기 진 화백이 문을 두드리며 외쳤다. 갑자기 무슨 말일까, 싶어서 고개를 갸웃거리는데, 정말로 문고리가 벗겨지는 소리가 들리더니 염 기자가 뛰어들었다.

"무사하신 거죠? 도련님 말씀이 맞았어요. 백작이 원하는 게 뭔지 알아냈어요. 여기 이러고 있을 때가 아니에요."

느닷없이 나타난 것도 그렇고, 하는 말도 생경했다. 채령은 염 기자와 진 화백을 번갈아 쳐다보았다.

"대체 어떻게 된 거예요?"

"아침에 천변풍경을 출발할 때, 우리가 두 시진이 지나도록 오지 않으면 경찰을 데리고 와 달라고 했소. 어떻습니까, 피앙세여. 내가 당신을 지킨다고 하지 않았소? 난 마른 명태가 아니란 말이오."

"하, 참나!"

희란은 어이없다는 듯한 표정을 지으면서도 미소를 잃지 않았다. 그리고 보니 방 바깥의 복도에 여러 명의 형사가 서성대는 모습이 보였다.

희란이 다시 물었다.

"집사가 순순히 문을 열어 주던가요? 어제는…."

"어제는 백작이 있었으니까 버틸 수 있었던 거죠. 총독부에서 보냈다고 했어요. 형사들에게도 총독부에서 보내서 왔다고 말하라고 했고요."

그 말에 채령은 현관 쪽을 바라보았다. 아까 보았던 집사가 그들에게 붙잡혀 추궁당하고 있었다. 염 기자가 그쪽에 대고 일본어로 외쳤다.

"아이들은 찾았습니까?"

"없습니다. 이것밖에 없어요!"

각진 얼굴의 사내가 염 기자 말에 대답하더니 무언가를 들고 왔다. 뜻밖에도 그것은 묵주와 래호가 입고 있던 옷이었다.

"오오, 주여!"

다미앵 신부는 사내가 가져온 옷을 받아 들더니 그 자리에 무릎을 꿇었다. 그러더니 반복적으로 머리를 조아리며 기도했다. 그때 염 기자가 끼어들었다.

"신부님, 이러고 있을 때가 아닙니다. 서둘러야 합니다. 고타니 병원으로 가야 해요."

그 말에 다미앵 신부가 고개를 들었다. 희란 역시 염 기자를 쳐다보았다. 하지만 대꾸는 진 화백이 먼저 했다.

"일단 가면서 이야기하기로 합시다."

그러더니 다미앵 신부를 일으켜 세웠고, 희란과 채령을 향해서도 손짓했다. 하는 수 없이 채령은 희란의 손을 잡고 밖으로 나갔다. 새까만 자동차 두 대가 저택 앞에 대기하고 있었다. 염 기자가 대저택에 남은 형사들과 무어라고 이야기를 나눈 뒤 따라 나왔다.

"고타니 병원으로 갑시다."

자동차에 올라타자마자 염 기자가 기사를 향해 말했다.

"자, 이제 자초지종을 말해 봐요. 어떻게 된 건지?"

희란이 서둘러 입을 열었다.

"도련님께서 백작과 그 주변을 조사해 달라고 했어요. 그래서 수소문을 좀 해 봤더니 어렵지 않게 수상한 점을 몇 가지 발견했지요."

"그게 뭔데요?"

염 기자의 말에 희란이 연거푸 되물었다.

"백작의 하나밖에 없는 아들이 알 수 없는 병에 걸려서 눈이 멀고 있다는 것이었어요."

그 말에 채령은 몸을 움찔 떨었다. 어제 보았던 소타가 더듬거리던 모습이 생각나서였다. 이유는 알 수 없었지만, 아주 나쁜 기운이 온몸에 느껴졌다. 좁은 자동차 안에서 희란과 바싹 붙어 앉은 터라 그걸 들키지 않기 위해서, 채령은 몸을 더 움츠렸다.

잠시 말을 멈추었던 염 기자가 말을 이었다.

"그래서 이번에는 고타니 병원에 연락해 보았지요. 기미년 만세 운동 직후에 생긴 일본인 병원인데, 내과와 안과로 가장 유명한 병원이지요. 특히 안과 원장으로 있는 키타이시 교수는 열도에서도 아주 이름난 안과 의사였다더군요. 당연히 백작은 키타이시 교수에게 아들의 치료를 맡겼고, 저는 병원에 연락해 아주 중요한 사실 하나를 알아냈어요."

"중요한 사실이라니요?"

"오늘 오후 세 시에 백작의 아들이 수술을 앞두고 있다는 거예요."

"수술이요? 무슨…? 아들의 눈 말인가요?"

염 기자와 희란이 나누는 대화를 가만히 귀 기울여 들었다. 채령은 자신도 모르게 바짝 긴장되었다.

"맞아요. 눈 수술인데, 그 이상은 알려 주지 않더라고요. 그래서 이상한 생각이 들어서 얼른 병원으로 찾아갔죠. 그런데 키타이시 교수에 대한 뜻밖의 정보를 얻었어요."

"갑자기 키타이시 교수는 왜요?"

"키타이시 교수가 어떤 자인지 아세요? 일본 의학계에서도 상당수가 반대하는 생체 이식 수술에 광적으로 미친 자라는 거예요."

"뭐요? 그게 무슨 말이에요? 이식 수술이라니요?"

"설마 한 사람의 신체 장기를 다른 사람에게 옮기는 걸 말하는 것인가?"

진 화백도 놀랐는지 희란과 염 기자의 대화에 끼어들었다.

"맞습니다. 심장이라든가 콩팥과 같은 장기를 이식하는 것이지요. 서양에서도 아직은 성공한 예가 전혀 없어서 금지하고 있지요. 일본은 말할 것도 없고요. 그런데 유독 키타이시 교수가 이 분야에 오래전부터 관심을 갖고 있었어요. 일본 본토에서 몰래 수술을 하다가 크게 징계를 당하기도 했대요. 그런 그가 왜 조선으로 왔겠어요? 당연히….”

"자, 잠깐만요. 그럼 오늘 하려는 수술이 설마….”

희란의 얼굴이 창백해졌다. 믿을 수 없다는 표정으로 염 기자의 말을 끊었다. 다미앵 신부도 나섰다.

"무슨 말입니까? 그럼, 래호의 눈을 그 아이에게….”

"신부님, 아직 시간이 있습니다. 막을 수 있습니다.”

진 화백이 재빨리 다미앵 신부의 말을 가로챘다. 끔찍한 말을 듣고 싶지 않아서인 듯했다. 채령도 온몸을 떨었다. 어금니를 물고 양손을 맞잡아 깍지를 끼었지만 떨림이 멈추지 않았다. 자꾸만 끔찍한 생각이 들었다.

한동안 아무도 입을 열지 않았다. 왼쪽 끝에 앉은 다미앵 신부만이 낮은 소리로 연신 기도를 하고 있었다. 운전기사가 더 빨리 자동차를 모느라 그런 건지 기계 소리가 더 시끄러웠다. 부아앙, 하는 소리에 귀가 먹먹했고, 아까보다 자동차가 더 흔들리는 바람에 정신이 하나도 없었다.

자동차가 조금 더 번화한 길에 들어섰을 때 희란이 낮은 목소리로 입을 열었다.

"그런데 진 화백은 어떻게 백작을 의심하게 된 거예요?"

"그건, 당신이 부탁한 시멸귀문에 대해서 이리저리 공부하다가 알게 되었다오. 신당리에 좀 알고 지내는 무당이 있는데, 백작 부부가 그곳에 있는 일본인 무당집에 자주 다녀갔다고 하더이다. 그래서 염 기자에게 부탁을 했던 것뿐이오."

"바싹 마른 명태가 이런 때는 쓸모가 있습니다!"

"에엥?"

희란의 말에 진 화백이 새된 소리 내듯 낮은 비명을 질렀다. 그즈음 자동차가 내리막길에 들어섰고, 저편 앞에 간판이 보였다.

고타니 병원.

택시가 멈추자마자 누가 먼저랄 것도 없이 내렸다. 염 기자와 다미앵 신부가 가장 먼저 건물 안으로 들어갔다. 입구부터 사람들로 북적거렸다. 환자들과 간호사들이 뒤엉켜 있었고, 이따금 의사로 보이는 사람들도 지나다녔다. 오른쪽과 왼쪽 모두 접수창구였는데, 기다리는 사람들의 줄이 길었다. 어찌해야 할지 모르고 서 있는데 염 기자가 말했다.

"저쪽에 계단 보이죠? 신체 이식 수술실은 지하에 있어요. 우린 저 아래로 내려가야 해요. 저 안은 나도 몰라요."

그 말에 채령은 계단 쪽을 힐끗 쳐다보았다. 위층으로 오르는 계단은 수시로 사람들이 오르내렸다. 하지만 지하로 가는 계단은 그 앞에 빨간 줄이 가로질러 쳐져 있었다. '출입금지'라는 글씨도 보였다.

"저길 어떻게 내려가요? 계단 바로 옆에 경비원이 지키고 있는데?"

"제가 따돌릴게요. 도련님과 다른 분들은 어떻게든 들어가 보세요. 소란을 일으켜 붙잡히면 아무것도 할 수 없어요. 래호는…."

희란의 말에 염 기자가 대꾸했다. 그러나 말끝을 맺지 못했다. 채령은 자신에게 한 말인 양 고개를 끄덕였다. 그리고 기다렸다.

염 기자가 경비원을 향해 천천히 다가갔다. 그러더니 다짜고짜 경비원 한 사람의 어깨를 후려치더니 한쪽으로 끌어당겼다. 경비원이 소리를 질렀고, 잇따라 그 뒤편에 있던 경비원이 그쪽으로 후다닥 달려갔다. 사람들의 시선도 그쪽으로 쏠렸다. 그때 희란이 채령의 손을 잡아채더니 끌고 갔다. 다미앵 신부와 진 화백이 함께 움직였다.

지하로 내려가는 계단 앞에서 서성거리다가 채령은 희란을 따라 재빨리 계단을 내려섰다. 위쪽에서 한참이나 옥신각신하는 소리가 들려왔다.

지하로 내려가는 계단은 생각보다 깊었다. 어림잡아 30여 개의 계단을 두 번 돌고 나서야 창살로 된 철문이 나타났다. 가장 앞선 희란이 문을 밀어 내자 끼이익 소리가 났다. 그 앞에 드러난 복도는 길었으며, 어둑어둑했다. 복도를 따라 전구가 매달려 있었지만 밝지 않았다.

채령은 바싹 긴장했다. 조심스레 발걸음을 옮기면서 두리번거렸다. 지나치는 방문 위에 처치실, 채혈실, 적출실, 실험체 분리실, 투석실…. 정확히 무슨 뜻인지는 알 수 없으나, 방마다 문 위에 붙어 있는 이름들이 하나같이 섬뜩했다. 채령은 자신도 모르게 침을 꿀꺽 삼켰다. 그래서 더 조심스레 걸었다.

하지만 소용이 없었다. 얼마 걷지 않아, 저편 앞의 방문이 하나 열리면서 간호사 두 명이 나왔고, 그들은 이쪽을 보더니 일본 말로 소리를 질렀다.

"누, 누구세요? 여긴 함부로 들어오면 안 돼요! 경비원!"

"잠깐만! 우린 열한 살짜리 아이를 찾고 있소. 그 아이가 어디에 있는지만 알려 주면 돼오! 부탁이오."

진 화백이 재빨리 나섰다. 하지만 간호사 두 사람은 뒷걸음질을 쳤고 그 뒤에서 누군가가 나타났다. 뜻밖에도 백작과 머리가 희끗한 남자였다. 안경을 쓰고 있어서인지 눈매가 매우 날카로워 보였다. 의사들이 입는 가운을 입고 있는 것으로 보아, 염 기자가 말한 키타이시 교수가 아닐까, 싶었다.

그런데 왜일까. 그가 낯이 익었다. 강파른 얼굴은 물론이고 짧게 기른 콧수염과 뾰족한 코까지. 얼핏 생각날 듯도 한데….

그때 백작이 한 걸음 앞으로 나섰다.

"이것 참, 여기까지는 어찌 온 게요? 신부님, 내가 그리 말했는데도 이러기요?"

"백작님, 안 됩니다. 우리 래호를 돌려주세요. 그 작은 아이는 죄가 없습니다. 천사 같은 아이에게서 눈을 빼앗아 갈 수 없습니다. 하느님께서 벌을 내리십니다."

백작의 말에 다미앵 신부가 나서서 대꾸했다.

"어느새 그것까지 알아차렸소? 몰라도 되는 걸 알아 버렸소, 신부님."

"백작님, 제발 부탁입니다."

다미앵 신부는 두 손까지 모으고 말했다. 하지만 소용없었다.

"내가 교회를 위해 얼마나 많은 돈을 냈는지 아시지 않습니까? 그런데 한동안 주님께서는 제 바람을 들어주지 않으셨소. 그러다가 그 아이를 보내 은혜를 베푸신 것이오. 신부님께서 어찌 주님의 뜻을 모르십니까?"

"교회를 그런 식으로 이용하면 안 됩니다. 주께서 용서치 않을 것입니다."

백작의 말에 다미앵 신부가 외쳤다. 그 틈에 진 화백이 나섰다.

"백작, 허튼소리 마시오. 일본 무당에게 속아 아무 죄 없는 애를 납치해 온 것도 모자라 이제 저 범죄자와 불법 시술까지 하시려는 것이오? 지금이라도 늦지 않았으니, 멈추시오."

"이 마른 명태 같은 녀석이 또 무슨 소리를 하는 게야? 이분이 누군지 알아? 세계에서 처음으로 안구 이식에 성공한 키타이시 교수라고."

"백작, 하나는 알고 둘은 모르시는구려. 키타이시 교수는 열도에서 금지한 장기 이식 수술을 했다가 범죄자로 낙인찍힌 자요. 저자에게 이식 수술을 받은 세 환자 모두 열흘 안에 목숨을 잃었소. 안구 이식은 아직 세계에서 성공한 예가 없단 말이오."

"뭐, 뭐라고?"

조금 놀랐는지 백작이 되물었다.

"게다가 키타이시 교수가 신당리의 무당과 내통하고 있는 것도 모르시오?"

"무슨 헛소리를 하는 게야?"

"헛소리가 아니오. 키타이시는 성공적인 수술을 위해서 한 번이라도 더 이식 수술 연습을 해 봐야 할 테니까 말이오. 그런데 마침 래호가 눈에 띄었던 것이오. 또 실패할지도 모르지만 키타이시는 조선 아이들 하나쯤 죽어도 눈 하나 깜빡하지 않을 테니까."

"뭐라고? 그럼, 무당이 내게 크고 맑은 조선 아이의 눈을 심어야 오래도록 건강하다고 한 게 키타이시의 사주였단 거요?"

"이제야 말을 좀 알아듣는구려. 백작이라는 분이 어찌 저런 사악한 자의 농간에 속으셨단 말입니까?"

"그게 정말이오?"

백작은 큰 소리로 되묻고 옆에 있던 키타이시 교수에게 일본어로 무어라고 윽박지르듯 말했다. 그러자 키타이시 교수는 이리저리 손짓하면서 무어라 변명을 해 대는 것 같았다. 그 틈에 진 화백은 한마디 더했다.

"이 수술은 실패할 거요. 아이 둘을 모두 죽일 셈이요?"

"백작님, 래호를 돌려주세요. 주님께서 당신을 보고 계십니다."

그런데 이게 무슨 일일까? 진 화백과 다미앵 신부가 말을 마치자마자 백작이 갑자기 한쪽으로 나가떨어졌다.

"아아악!"

백작의 비명이 복도에 가득 울렸고, 옆에서 서성거리던 간호사 둘이 뒤편으로 달아났다. 그리고 다음 순간, 키타이시 교수가 이쪽으로 몇 걸음 나섰다. 일그러지고 붉어진 얼굴이었다. 짧은 머리칼이 천장을 향해 솟아 있었다.

"이신귀!"

채령은 낮은 소리로 외쳤고, 동시에 그가 누구인지 알아차렸다. 경성에 온 첫날 밤 다리 위에서 마주친 남자였다. 채령의 예쁜 눈을 갖고 싶다던 바로 그 중년 신사. 다른 옷을 입었고 모자를 벗었지만, 그가 틀림없었다. 깡마른 얼굴과 뾰족한 코와 짧은 콧수염!

비로소 채령은 골목에서 마주친 중년 신사가 왜 눈을 가지고 싶어 했는지 알 것 같았다. 그것을 깨달은 순간, 온몸이 떨렸다.

"네 눈이 나를 불렀지. 밤하늘의 반짝이는 별을 보며, 나그네가 길을 찾듯이 말이다."라던 말이 생각나 심장이 벌렁거렸다.

순간 희란이 외쳤다.

"악령이 깃들어 있습니다. 아주 강해요."

희란의 외침에 다미앵 신부가 목에 걸었던 십자가를 키타이시 교수 쪽을 향해 들어 보였다. 하지만 그에 아랑곳하지 않고 키타이시 교수는 천천히 다가왔다. 놈이 가까이 다가올수록 아주 역한 냄새가 코를 찔렀다.

그런데 두려움은 거기서 비롯된 것이 아니었다. 아주 '차갑고 섬뜩한' 느낌 때문이었다. 놈이 다가올수록 그 느낌이 아주 거세졌다. 채령은 등골이 서늘해졌다.

생각할 여유도 없이 키타이시 교수가 달려들었다. 그것도 희란이나 다미앵 신부가 아닌 채령을 향해서. 놈 역시 채령을 알아본 것이 틀림없었다. 재빨리 다미앵 신부가 십자가를 앞세우고 앞을 막았다. 처음엔 신부 앞에 벽이 쳐진 것처럼 키타이시 교수가 멈칫했지만, 신부는 곧 무언가에 튕겨 나가듯 뒤로 나자빠졌다.

희란도 마찬가지였다. 희란은 품속에서 부적 같은 것을 꺼내 그 앞을 막아섰고, 한동안 키타이시 교수와 팽팽하게 맞섰지만, 결국 희란도 한쪽 옆으로 나가떨어지고 말았다. 결국 채령은 키타이시 교수와 맞서야 했다.

얼핏 보았을 때, 키타이시 교수의 얼굴은 성난 괴수의 그것과 다름없었다. 이신귀가 스며든 짝발의 얼굴이 그랬듯이 심하게 일

그려져 있었는데, 특히 눈의 흰자위가 더더욱 도드라져 마주 보기가 겁이 났다. 골목길에서 마주쳤을 때보다 훨씬 기이한 모습이었다. 그때보다 힘도 세어서, 놈이 어깨를 짓누르자마자 온몸이 으스러지는 느낌이었다.

그의 손이 닿자마자 누군가의 모습이 채령의 머릿속을 재빨리 스치고 지나갔다. 피 묻은 손이 먼저 보였다. 그 손으로 간토 대지진 때 폐허가 된 거리를 헤매는 조선인 부녀자를 우물에 밀어 넣었고, 서슴없이 아이의 목을 졸랐다. 일본 말로 "죽어라, 조선인!"이라고 소리쳤다. 죽창을 들고, 지진이 모두 조선인 탓이라며 아무런 죄가 없는 조선인들을 수도 없이 찔렀다. 그 손은 곧 희고 긴 손으로 바뀌었다. 이번에는 그 손에 날카롭고 잘 벼린 칼이 쥐어져 있었다. 칼은 누군가의 피부를 슥 베어 냈고, 그러자마자 피가 배어 나왔다. 그럼에도 멈추지 않고, 뼈를 발라 내고 더 깊은 살 속을 베어 나갔다. 그러자 몸속의 장기가 드러났다. 이어 손이 그 장기 하나를 움켜쥐더니 뜯어내 은빛 쟁반으로 옮겼다. 그래도 장기는 꿈틀거렸다.

헉!

채령은 화들짝 놀랐다. 그 손놀림의 주인이 이신귀의 정체인지 키타이시 교수의 모습인지는 알 수 없었다. 둘의 모습이 뒤섞인 듯도 했다. 그러나 한 가지만은 확신할 수 있었다.

악령이다!

채령은 품에서 회령도를 꺼내 들었다. 그리고 가운데 손잡이를 꾹 잡았다. 회령도가 날카롭게 빛났다.

시時

놈은 곧 이쪽을 향해 달려왔다.

"커커컥!"

놈이 기괴한 비명을 질러 댔다. 한걸음 움직일 때마다 땅에서 먼지가 치솟아 올랐다. 놈은 짐승의 발톱 같은 손으로 채령의 얼굴을 할퀴었다. 겨우 옆으로 피했지만, 얼굴에 상처가 났다. 놈은 다시 달려와 두 손으로 양쪽 어깨를 짚으려 했다. 채령은 재빨리 회령도로 놈을 쳐 냈다. 놈은 컥, 소리를 내면서 벽에 부딪쳤다.

그것만으로는 모자랐다. 그동안 만난 이신귀와는 달랐다. 여러 번 회령도를 휘둘렀는데도 놈은 쓰러졌다 일어나기를 반복했다. 호랑이 발톱을 용케 피했고, 그럴 때마다 더 포악해졌다. 몸집까지 커진 놈은 괴물이 되어 채령에게 다가왔다. 커다란 손아귀를 앞세우고 기괴한 소리를 냈다. 그 손에 붙잡히면 온몸이 으스러질 것만 같았다.

과연 놈이 뛰어와 강하게 양팔을 휘둘러 댔다. 가까스로 회령도로 막았지만, 엄청난 힘에 밀려나 뒤로 나가떨어지고 말았다.

컥컥컥!

놈이 비웃었다. 채령은 쓰러진 채 한동안 일어나지 못했다. 그러나 그런 중에도 놈은 다가오고 있었다. 채령은 두려워졌다.

하지만 그때, 다시 목소리가 들렸다.

'염念!'

무슨 말일까, 싶었다. 그걸 알아차리기라도 한 듯 목소리가 이어졌다.

'집중해 봐. 세상 모든 것의 중심에 네가 있다고 생각해. 세상의 주인이 되는 거야. 그리고 주인은 모든 것들을 원하는 방향으로 움직일 수 있지. 자, 해 봐!'

그 말을 듣고 채령은 반복해서 외쳤다. 그러면서 저만치 앞에 있는 어린아이 키만 한 석상을 뚫어지게 쳐다보았다. 속으로 말했다.

'네가 가거라. 가서 저 귀를 부숴! 염!'

그러자마자 어린아이 키만 한 석상이 번쩍 날아올라 놈에게 날아갔다.

"우어억!"

놈이 쓰러졌다. 채령은 이번에는 바닥에 튀어 오른 벽돌을 쏘아보고 다시 외쳤다.

"염!"

벽돌들이 일어났다. 그리고 놈에게 날아갔다. 벽돌이 연이어 놈의 몸을 때렸다. 생각지도 못한 염력이었다.

잠시 후 마침내 놈이 쓰러졌다. 채령은 일어나 회령도를 다시 들었다. 그리고 호랑이 발톱을 앞으로 내세워 있는 힘껏 던졌다.

휘리익!

호랑이 발톱이 날아가 놈의 어깨를 깨물었고, 곧바로 되돌아왔다….

허억, 허억!

채령은 거친 숨을 몰아쉬면서 눈을 떴다. 창에서 들어온 햇살이 눈을 찔렀다. 햇살을 피하려고 몸을 뒤척이자 천변풍경 2층의 낯익은 모습이 눈에 들어왔다.

'꿈…?'

채령은 일어나 앉았다. 꿈은 아니었다.

절체절명의 순간에 누군가가 몸 안에서 채령을 움직였고, 석상과 벽돌을 날려 보낸 후 이신귀를 소멸시켰다. 더하여 키타이시 교수의 엄지와 검지를 부숴 버렸다. 채령은 그런 다음에 정신을 놓았다.

채령은 골똘히 생각했다. 그러다 자신도 모르게 중얼거렸다.

"엄마다!"

뒤미처 생각했다.

'엄마가 어떻게 나를 돕고 있는 것인지는 알 수 없지만, 나에게 원하는 게 이것이었어. 키타이시 교수처럼 열도에서 폭풍처럼 밀려오는 악령을 막으라는 것. 땅과 먹을 것과 살 터전까지 빼앗아 간 왜놈들이 이제는 혼까지 빼앗으려 해. 그걸 막고 싶었던 거야. 엄마가 내게 힘을 준 것은 그 때문인 거야. 그래, 이미 놈들이 가까이 다가왔어. 느꼈잖아, 차갑고 섬뜩한 것! 때로는 흰 가면의 모습으로 내 숨통을 조여 왔지. 그게 놈들의 정체였어. 시멸귀문이 이 귀들을 불러들여 조선 땅을 유린하고 있는 거야. 엄마를 쫓았던 것도 그들이고, 엄마는 그들을 막으려 했고. 아, 그렇다면 이제 피하거나 달아날 수도 없어. 맞서야 해. 더 이상 놈들에게 빼앗기지 않으려면…!'

그때, 귓가에 음악 소리가 들려왔다. 처음 천변풍경에 왔을 때 들려왔던, 끽끽거리던 그 소리였다. 채령은 일어나 문을 열고 계단을 내려섰다.

1층에서 왁자한 소리가 들렸다.

"염 기자님이 래호를 살렸습니다. 평생 감사합니다."

"웬걸요. 저는 도련님께서 시키는 대로만 한 것입니다."

다미앵 신부의 말에 염 기자가 말했다. 그건 채령도 공감했다.

"칭찬이 과합니다. 나는 그저 머리만 조금 썼을 뿐이라오. 무엇보다 나의 피앙세가 무사하니 그걸로 만족하오. 후훗!"

언제 들어도 진 화백의 말은 들기름을 한 사발 들이켰을 때처럼 느끼했다. 하지만 그다지 미워 보이지는 않았다. 그래서 채령은 그저 웃고 말았다.

한 계단 더 아래로 내려가는데, 조금 낮은 목소리로 진 화백이 물었다.

"그나저나 키타이시 교수와 백작은 어찌 되었소?"

"어찌 되긴요. 아무리 왜놈의 세상이라도 그렇게 끔찍한 일을 저지르려 했으니 무사할 리 없죠. 키타이시 교수는 본국으로 송환될 예정이고… 아, 참! 와타나베 형사에게 들었는데, 두 손가락의 뼈가 으스러져서 다시는 수술칼을 잡지 못할 거라 하더군요. 그리고 백작도 곧 경찰의 수사를 받는답니다."

진 화백의 질문에 염 기자가 대답했다. 그러고는 길게 숨을 내쉬었다. 이제 안도해도 된다는 표정이었다. 진 화백도 고개를 끄덕였다. 그러면서 한마디 덧붙였다.

"신부님께서도 애쓰셨습니다. 구마 사제의 일이 쉽지 않다고 들었습니다."

"난 아무것도 하지 못했습니다. 미세스 채가 한 일입니다."

그 말에 한 발 더 내딛으려던 채령은 우뚝 멈추었다. 진 화백이 물었다.

"신부님, 그게 무슨 말씀이시오? 희주 씨를 말하는 것입니까?"

"그렇습니다. 미세스 채는 가장 뛰어난 엑소시스트입니다. 그래서 대심령사마저 그녀를 두려워한 것 같습니다. 시멸귀문이 조선까지 몰려올 걸 미세스 채는 알았고, 그래서 돌아오려 했던 것입니다."

"네? 그러니까 그게 왜…?"

"난 느꼈습니다. 채령에게서 그녀의 힘을 말입니다."

"네?"

"미세스 채는 돌아왔습니다. 채령을 통해서 말입니다."

진 화백이 연거푸 되물었지만, 다미앵 신부는 그에 아랑곳하지 않고 제 말만 했다. 그런 신부의 말이 어리둥절하기는 채령도 마찬가지였다. 엄마가 돌아왔다니? 그래서 신부의 말이 더 이어지기를 기다렸지만, 신부는 잠시 입을 닫고 눈을 감은 채 기도를 올렸다.

답답했는지 진 화백이 조심스레 다시 신부를 불렀다.

"신부님…?"

그런데 하필 그때, 천변풍경의 문이 열렸다. 뜻밖에도 래호와 희란이었다.

"오, 래호!"

"오호라! 그렇게 입으니 참으로 깜찍합니다."

다미앵 신부와 진 화백이 차례로 반색했다. 그러고 보니 희란의 손을 잡고 나타난 래호는 한복을 입고 있었다. 색동저고리까지 갖추어 입었는데, 아주 귀엽게 보였다. 어제도 그제도 그랬던 것처럼 래호는 맑은 미소를 짓고 있었다.

희란이 이쪽을 쳐다보더니 말했다.

"채령이도 일어났구나. 어서 내려오너라. 열두 시간을 넘게 잔 거 아니? 너도 모르게 네 몸속의 기운을 다 쏟아서 그런 것이란다. 처음엔 다 그래. 차츰 나아질 거야. 걱정 안 해도 돼."

희란은 평소보다 부산스럽게 말하며 채령에게 다가왔다. 그리고 잠시 안았다가 놓아 주었다. 얼결에 채령도 미소를 지었다. 하지만 조금 전 다미앵 신부의 말이 머릿속에 남아 있었다. "미세스 채는 돌아왔습니다. 채령을 통해서 말입니다."라는 그 말이 반복적으로 머릿속에 울렸다. 그래서 자꾸 자신에게 물었다.

'엄마가 돌아왔다고? 어떻게? 그럼, 지금 어디에 있는 걸까?'

채령은 고개를 갸웃거리면서 창가 자리에 가서 앉았다. 그와 동시에 발밑에서 로사가 길게 울었다.

"냐아아아아옹!"

그 바람에 발아래를 내려다보고 고개를 들었다. 그러자 창밖에 낯익은 얼굴이 눈에 들어왔다. 단아였다. 그 옆에는 맹코가 있었고, 뜻밖에도 짝발이 빙긋 웃고 있었다.

채령은 일어나 밖으로 나왔다. 로사가 냐옹, 소리를 내며 따라왔다. 세 사람이 동시에 채령에게 우르르 몰려왔다.

"괜찮아? 아픈 데는 없어?"

"래호도 무사하지?"

단아와 맹코가 물었고, 채령은 고개를 끄덕였다. 짝발 형이 입을 열었다.

"미안해. 뽀글이 아저씨는 잡혀갔어."

채령은 고개를 저었다. 자신에게 미안할 일은 아니었으니까. 채령은 그저 웃어 주었다. 지금 보니, 짝발은 아주 잘생긴 얼굴이었다. 이신귀가 있을 때의 매서운 표정이 아니었다.

그때 어디선가 바람이 불어왔다. 그 바람은 짝발의 등을 타 넘어 채령의 머리칼을 흩날리게 했다. 바로 그 순간, 차갑고 섬뜩한 기운이 느껴졌다. 채령은 잠시 숨을 멈추었다. 그리고 수표교 쪽을 바라보았다. 바람은 그쪽에서 서늘하게 불어오고 있었다. 그 탓에 청계천 변의 버드나무 가지가 한없이 흔들렸다. 바로 그때, 채령의 손목에 있던 팔찌의 노란색 끈이 툭 떨어졌다.

그 순간 눈앞의 모든 것이 잠시 흐려졌다. 천변과 그 위아래를 지나다니는 사람들, 길을 따라 늘어선 건물들마저 안개 속으로 사라지는 것처럼 보였다.

그리고 그때, 발밑에서 고양이가 울었다.

"냐아아아아옹!"

로사였다. 그 바람에 채령은 발아래를 내려다보고 고개를 들었다. 그러자 창밖에 낯익은 얼굴이 눈에 들어왔다. 단아였다. 그 옆에는 맹코가 있었고, 뜻밖에도 짝발이 빙긋 웃고 있었다…?

'시時!'

누군가 낮은 음성으로 말했고, 그 소리는 나지막이 머릿속에 울렸다. 순간 채령은 자신이 일각* 전의 과거로 되돌아와 있음을 깨달았다.

아아!

채령은 탄성을 뱉어 냈다. 그걸 아는지 모르는지 희란과 다미앵 신부, 그리고 진 화백은 밝은 얼굴로 이야기를 나누고 있었다.

채령은 깨달았다. 시, 그것이야말로 어쩌면 엄마가 남겨 준 또 하나의 능력일 것이라고. 놀라웠지만, 담담해지려 애썼다. 받아들여야 하는 것임을 알고 있었으므로.

채령은 일어나 밖으로 나왔다. 로사가 냐옹, 소리를 내며 따라왔다. 세 사람이 동시에 채령에게 우르르 몰려왔다.

"괜찮아? 아픈 데는 없어?"

단아가 물었다. 채령은 그저 고개를 끄덕이며 미소를 지었다. 조금 전처럼 수표교 쪽에서 바람이 불어왔다.

---

* 약 15분.

'빼앗긴 것이, 과연 우리의 땅과 먹을 것과 입을 것, 그리고 가족들뿐이었을까.'

일제 강점기를 떠올리면 늘 드는 의문이었어요. 우리의 마음과 생각은 온전했을까? 그때의 침략자는 우리가 생각하는 것보다 훨씬 집요하고 치밀하게 조선 사람들을 탄압했으니까요. 실제로 풍수가들을 동원해 산세 좋은 곳에 말뚝을 박는다는 소문이 돌았고, 그들의 무속을 끌어들여 조선 사람들을 혹세무민한다는 말도 널리 퍼져 있었지요. 일부는 사실로 확인되었고요.

이야기의 출발점은 이곳이었어요. 물론 단순히 '귀신 이야기'를 쓰려던 것은 아니었고요. 비록 몸은 빼앗기고 착취당했지만 우리의 정신을 지키기 위해서 애쓴 분들이 생각났고, 그분들이 지켜내려 했던 우리 민족의 '혼' 이야기를 쓰고 싶었지요.

일제의 민족혼 말살 시도는 또 하나의 침략이었고, 어쩌면 더 잔인한 착취라는 생각이 들었어요. 수천 년 우리의 가슴에 자리 잡고 있던 평화와 생명 존중의 혼을, 일제 강점기에 침략자들이 짓이기고 뭉개 버렸으니까요. 그래서 서로 미워하는 일이 생기고, 의심하고 혐오하는 일이 많아졌지요. 그들의 나쁜 생각은, 아무도 모르게, 아주 은밀하게 우리의 혼을 좀먹고 있었던 것이에요.

그들에게 맞서, 우리만의 방법으로 이겨 내는 한 소녀의 이야기를 쓰는 것이 목표가 되었어요. 그래서 아무것도 모르던 연약한 소녀의 이야기는 어쩌면 또 다른 독립운동일 수도 있겠지요? 물론 그런 거창한 이야기를 쓰려던 것은 아니었고요.

다만 이 이야기는 한 소녀가 남들이 보지 못하는 것을 보게 되면서 벌어지는 미스터리이고, 조금은 환상적인 이야기입니다. 하지만 그런 일은 그때 정말로 일어났을지도 모릅니다.

그런 마음으로 이야기의 첫 장을 열어 주세요.

한정영

| 오늘의
| 청소년
| 문학
| 46

다른 인스타그램

뉴스레터 구독

소녀 퇴마사, 경성의 사라진 아이들

초판 1쇄 2025년 8월 15일

지은이 한정영

펴낸이 김한청
기획편집 원경은 차언조 양선화 양희우 장민기
마케팅 정원식 이진범
디자인 이성아 황보유진
운영 설채린

펴낸곳 도서출판 다른
출판등록 2004년 9월 2일 제2013-000194호
주소 서울시 마포구 동교로 27길 3-10 희경빌딩 4층
전화 02-3143-6478 **팩스** 02-3143-6479 **이메일** khc15968@hanmail.net
블로그 blog.naver.com/darun_pub **인스타그램** @darunpublishers

ISBN 979-11-5633- 713-3 44810
ISBN 978-89-92711-57-9 (세트)

* 잘못 만들어진 책은 구입하신 곳에서 바꿔 드립니다.
* 이 책은 저작권법에 의해 보호를 받는 저작물이므로, 서면을 통한 출판권자의
  허락 없이 내용의 전부 또는 일부를 사용할 수 없습니다.

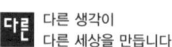
다른 생각이
다른 세상을 만듭니다